알퐁스
도데를
읽다

# 알퐁스 도데를 읽다

김형훈 지음

ALPHONSE DAUDET

# 머리말

학생들이 국어 시간이나 문학 시간에 외국 작가의 작품을 접하기는 쉽지 않지만, '교과서가 사랑한 작가'라고 일컬을 만큼 알퐁스 도데의 작품 가운데 〈마지막 수업〉과 〈별〉은 우리에게 친숙하다. 슬픈 표정으로 학생들을 바라보며 칠판에 크게 '프랑스 만세!'를 적는 아멜 선생님의 모습에서 나라를 빼앗긴 설움과 모국어의 소중함을 배웠고, 양치기의 어깨에 기댄 채 잠이 든 스테파네트 아가씨의 모습에서 아름다운 밤하늘의 풍경과 순수한 사랑에 대해 배웠고, 막을 수 없는 산업화의 흐름 속에 자신의 방앗간을 지키는 코르니유 영감의 모습에서 전통과 공동체를 지키려는 사람들의 따뜻한 마음을 배웠다.

교육과정이 바뀌면서 교과서에 실린 작품들도 매번 바뀌었지만 알퐁스 도데의 작품은 수십 년의 세월 동안 교사들의 입을 통해 학생들의 마음으로 전해져 왔다. 19세기 프랑스 소설가 알퐁스 도데의 서정적이고 동화적인 소설들은 그렇게 우리나라 사람들에게 친숙한 이야기가 되었다.

하지만 교과서로 만났던 알퐁스 도데의 작품들을 온전히 이해했다고 할 수 있을까? 아마도 수업 시간에 그의 작품들에서 프로 방스 지역의 아름다운 풍경에 대한 묘사나 시적인 표현의 아름다움을 제대로 느끼기는 어려웠을 것이다. 지금이라도 알퐁스 도데의 소설을 제대로 이해하고 새로운 모습을 발견했으면 하는 마음으로 이 책을 쓰게 되었다.

〈별〉은 뤼베롱 산에서 양을 치는 양치기에게 찾아온 하룻밤의 아름다운 사랑 이야기다. 평소 선망의 대상이었던 스테파네트 아가씨와 밤새 이야기를 나누고 밤하늘을 바라보는 모습에서 우리의 어린 시절 첫사랑이었던 누군가를 떠올리게 한다. 제목에 담긴 의미를 곱씹어보며 사랑의 여러 모습에 대해 고민해 볼 수 있다.

〈코르니유 영감의 비밀〉은 급속한 산업화의 흐름 아래 소외되는 사람들에 대해 다룬 이야기다. 끝까지 자존심을 지키려는 노인의 모습과 비밀을 알게 된 마을 사람들의 따뜻한 정은 세상이 빠르게 변해도 지켜야 할 무언가가 있다는 것을 되새기게 한다. 급속한 기술 발달로 인간의 역할과 가치에 대해 끊임없이 고민하게 만드는 지금의 현실에도 많은 고민거리를 던져주는 작품이다.

〈스갱 씨의 염소〉는 자유를 향해 탈출했다 비극적인 결말을 맞는 염소 블랑케트의 이야기다. 스갱 씨가 지켜주는 울타리 안에서 행복하게 살아갈 수 있었던 블랑케트. 블랑케트는 자유를 갈망하다가 결국 산으로 가버리고, 스갱 씨의 말처럼 늑대들에게 잡아먹히고 만다. 안락과 열망 사이의 선택과 그로 인한 책임과 결과를 보면서 인간의 삶 역시 크게 다르지 않다는 깨달음을 전해준다.

〈존귀하신 고셰 신부의 영약〉은 가난했던 프레몽트레 수도회가 고셰 신부가 만든 영약 덕분에 부유해지면서 발생하는 이야기를 다루고 있다. 고셰 신부는 영약을 만들어내 수도회에 큰 도움을 주었지만 끊임없이 맛을 보며 검증하는 과정에서 술에 취해 타락하는 자기의 모습을 견디지 못한다. 알퐁스 도데의 가톨릭 신앙에 대한 생각과 집단의 이익을 위해 개인이 어디까지 희생해야 하는지를 고민하게 한다.

〈마지막 수업〉은 알자스 지역의 어느 소년의 시선으로 프랑스어를 마지막으로 사용하는 수업의 풍경을 이야기한다. 침략국에 의해 나라를 빼앗기고 모국어 사용까지 금지당하는 모습은 우리의 일제강점기를 떠올리게 한다. 다만 작품의 실제 배경과 알자스 지역의 역사를 함께 생각해 보면 이 작품의 주제를 말하는 것에 대한 진지한 고민이 필요하다는 것을 깨닫게 된다.

〈아를의 여인〉은 아를에서 만난 여인과 사랑에 빠진 주인공 장이 사랑을 이루지 못한 슬픔 때문에 삶을 마감하는 이야기다. 새롭게 알게 된 그녀의 과거와 부모의 반대를 통해 머리로는 사랑을 끝내야 함을 이해하지만, 그녀에 대한 마음속 사랑은 변하지 않아 장은 결국 죽음을 선택하게 된다. 이런 장의 모습은 동시대의 다른 예술가들에게도 많은 영감을 주었다. 한 사람을 향한 절절한 사랑의 모습과 비극적 결말은 시대를 불문하고 가슴을 울린다.

〈타라스콩의 타르타랭〉은 허풍으로 가득한 인물 타르타랭이 사자 사냥을 위해 아프리카로 떠났다가 돌아오는 이야기다. 어수룩하고 세상 물정 모르는 주인공이 낯선 세상으로 여행을 떠나 사람들에게 속고 실패하는 이야기는 우스꽝스러우면서 슬프기까지 하다. 허풍으로 가득한 타르타랭의 모습을 마냥 미워할 수 없게 표현한 작가의 솜씨에서 프로방스 지역의 독특한 문화와 따뜻함을 느낄 수 있다.

알퐁스 도데는 대도시 파리를 배경으로 한 작품이나 당시의 역사적인 사건을 배경으로 한 작품들도 많이 창작했다. 그런 작품도 매력이 있지만, 프로방스 지역을 다룬 소설들이 특히 매력적이다. 파리 생활에 지칠 때마다 그는 프로방스 지역으로 돌아가 작품 창작의 힘을 얻고 어린 시절의 추억을 떠올린다. 마음의 안식처를 다른 사람에게 소개하는 일은 자신감이 넘칠 만하고, 자연스레 훌륭한 작품이 탄생하는 것도 당연한 일 아닐까. '프로방스의 시인'이라고 불리는 그의 작품 곳곳에서 넓은 평원과 정열적인 태양, 강렬한 바람에 대한 아름다운 표현을 만나보았으면 좋겠다.

# 차례

# 01

---

# 알퐁스 도데의

## 삶과
## 작품 세계

## 1. 알퐁스 도데의 삶

알퐁스 도데(Alphonse Daudet, 1840~1897). 스테파네트 아가씨에 대한 양치기의 순수한 사랑을 이야기한 단편소설 〈별〉의 작가로 사람들에게 기억되고 있는 그는 1840년 5월 13일 프랑스 남부의 도시 님(Nîmes)에서 태어났다. 방직공이자 비단 상인이었던 아버지 뱅상 도데와 아르데슈 출신의 부유한 상인의 딸이었던 어머니 아들린 사이에서 태어난 그의 어린 시절은 아버지의 사업 실패로 행복하지만은 않았던 것 같다. 아버지는 손대는 사업마다 계속 실패하여 '불운을 부르는 뱅상'이라는 별명이 있었다고 하니, 집안에 드리운 어두운 분위기는 알퐁스 도데의 어린 시절에도 영향을 끼쳤을 것이다. 이는 그가 쓴 자전적 소설인 《꼬마 철학자》에도 잘 드러나 있다.

내가 태어나고 나서 집안에 안 좋은 일들이 많이 생겼다. 가정부였던 아누 아주머니께서, 내가 태어나자마자 아버지와 거래하던 사람이 4만 프랑을 떼먹고 도망가 버렸다고 말했다. 아버지는 그 일을 겪고 어떻게 해야 할지를 몰랐다고 한다. 불행은 이어졌는데, 그해에 두 번이나 큰불이 나서 집이 불타는가 하면 방직공장 직원들은 파업까지 했다. 파업 때문에 아버지는 바티스트 외삼촌과 사이가 멀어졌고, 염료 상인들과는 소송에 휘말려 돈도 많이 날렸다. 그리고 18××년에 혁명이 일어나면서 공장을 운영하기 어려워졌고, 결국 문을 닫게 되었다. 그렇게 우리 집은 망해버렸다.

알퐁스 도데의 가족은 아버지의 방직공장이 문을 닫자 1849년 리옹으로 이사한다. 알퐁스 도데는 리옹의 앙페르 고등학교에서 학업을 이어갔지만, 아버지의 사업은 계속 내리막길을 걷다가 1855년에 결국 파산하기에 이른다. 이 때문에 바칼로레아 입시도 포기하게 된 알퐁스 도데는 홀로 알레스로 떠나 알레스 중학교의 보조 교사를 맡게 된다. 하지만 어린 나이 탓인지 학생들의 텃세 탓인지, 그는 보조 교사 생활을 하면서 심한 신경증을 겪었다고 한다. 그의 회고록에도 "알레스를 떠난 지 몇 달이 되었지만, 여전히 내 말을 듣지 않는 학생들 사이에 서 있는 듯한 느낌을 받았다."라고 썼으며, 《꼬마 철학자》에도 이와 관련한 내용이 드러나 있다.

중급반은 한창 말 안 듣는 열두 살에서 열네 살 사이의 젖살이 빠지지 않은 50명 남짓의 아이들인데, 첫날부터 전쟁이었다. 아이들은 나를 골탕 먹이려고 하루 종일 머리를 맞대고 궁리했고, 나는 그들에게 둘러싸인 채 신경전을 벌여야 했다. 그러다 보니 밥도 제대로 못 먹고 잠도 편히 잘 수가 없었다. 나는 매일 고통스러웠고, 침대에 웅크려 남몰래 눈물 흘린 적이 한두 번이 아니었다.

알퐁스 도데는 알레스에서의 힘든 보조 교사 생활을 뒤로하고 1857년에 파리로 옮겨간다. 세 살 위인 형 에르네스트 도데는 파리에서 기자가 되기 위한 준비를 하고 있었고, 알퐁스 도데는 형과 함께 파리 생활을 하며 시를 쓰기 시작한다. 1858년 첫 시집《사랑에 빠진 연인들》이 출판되고, 이 시집은 알퐁스 도데가 작가로서 자리를 잡을 수 있는 계기를 마련해 준다.

우연히 만난 생제르맹데프레 거리의 서점 주인 쥘 따르디외의 배려로 출판된 시집을 외제니 황후가 읽고, 황제의 사촌인 마띨드 공주가 당시 실권자였던 입법원 의장 모르니 공작에게 알퐁스 도데를 전도유망한 작가로 천거하면서 공작의 비서 자리까지 맡게 된다. 파리에 입성한 지 얼마 안 된 젊은 작가가 단번에 프랑스 귀족사회의 주목을 받는 행운아가 된 것이다. 알퐁스 도데는 이를 계기로 파리의 여러 신문사에 글을 싣고 희곡을 몇 편 발표하기도 하면서 자신의 장래성을 인정받게 된다. 그러면서 알퐁스 도데는 당시 파리의 자유로운 분위기 속에서 어린 모델이던 마리 리외를 만나 방탕한 관계를 맺는다. 그는 마리 리외와의 관계에서 영감을 얻어 《사포(Sapho)》라는 소설을 쓰기도 했다.

침대와 벽난로, 창가 곳곳에 남아 있던 야릇한 향수 냄새가 느껴질 때마다 그는 그녀를 떠올리며 꿈 같은 환상에 빠지곤 했다. 보수적인 전통과 집안사람들의 기대를 한 몸에 짊어진 장에게 파리는 힘겹고 긴 항로의 첫 기항지였다. 그렇기에 이곳저곳에서 손짓하는 유혹으로부터 더욱더 몸을 사려야 했다. 특히 친구든 여자든 절대 깊은 관계를 맺지 말아야 할 곳이 바로 파리였다.

열다섯 살의 나이 차이가 나는 위험한 사랑인 줄 알면서도 파니와 사랑에 빠지고 마는 장의 모습처럼, 알퐁스 도데의 자유분방함은 그의 삶에 매독이라는 치명적인 칼날로 돌아오게 된다.

19세기 말 파리 인구의 약 15%가 매독 환자였고, 유럽에서만 약 400년 동안 1,000만 명 이상이 사망했다는 기록이 있을 정도로 치명적인 이 병은 알퐁스 도데를 평생 괴롭히게 된다. 결국 그는 1861년에 건강이 매우 나빠져, 모르니 공작에게 파리의 차갑고 습한 기후 때문에 폐렴에 걸렸다고 보고하고 요양차 파리를 떠나게 된다. 모르니 공작의 허락으로 알제리와 코르시카섬, 프로방스 지역 등 프랑스 남부 지역에서 몇 달씩 체류하게 되는

데, 이때의 경험은 훗날 그의 소설집 《풍차방앗간 편지》를 구성하는 원천이 된다.

여행에서 돌아온 그는 1866년 8월부터 1869년 10월까지 약 3년여에 걸쳐 일간지 '레벤망(L'Événement)'과 '피가로(Le Figaro)'에 《프로방스 연대기》 시리즈를 19편 발표한다. 일간지에 콩트를 싣는 것이 당시로서는 혁신적이었으며, 시간이 흐른 뒤 《프로방스 연대기》의 작가가 알퐁스 도데 혼자가 아니라는 옥타브 미르보(Octave Mirbeau, 1848~1917)의 폭로가 있을 정도로 사람들에게 많은 관심을 받은 것으로 보인다. 실제 당시 시리즈의 절반가량인 10편은 알퐁스 도데의 조수로 일한 폴 아렌(Paul Arene, 1843~1896)과 함께 작업한 것으로 알려져 있고, 텍스트를 감정한 문헌학자들도 무가치한 논쟁이라고 일축했다. 훗날 알퐁스 도데는 그의 회고록에 "마리-가스통이라는 나의 필명에서 가스통은 폴 아렌을 지칭하며, 그는 뛰어난 작가이며 조수로 일하기에는 너무도 재능이 많고 현실적인 사람"이라고 평했고, 평생 깊은 우정 관계를 맺은 것으로 알려져 있다.

이후 《프로방스 연대기》에서 〈앙리 드 빌메상 씨에게〉, 〈작은 배가 있었네〉, 〈노앙 극단장 조르주 상드에게〉를 빼고 〈정착〉, 〈밀리아나에서〉 두 편을 더해 18편을 엮은 뒤 〈서문〉을 추가하고 제목을 '풍차방앗간 편지'로 바꿔 1869년 12월에 단행본으로 출간하게 된다. 10년 뒤인 1879년에는 초판의 목록에 나중에 쓴 〈세 차례의

독송 미사〉, 〈별〉, 〈세관 선원들〉, 〈오렌지〉, 〈메뚜기〉, 〈카마르그에서〉를 추가하여 24편의 결정판을 출판한다. 이러한 긴 창작 과정으로 인해 《풍차방앗간 편지》에 담긴 24편의 작품들은 서로 연관성 없이 독립되어 보이기도 한다. 하지만 3분의 2에 해당하는 16편이 남부 프로방스 지역을 중심 배경으로 하고 있고, 주변의 코르시카섬이나 알제리 지역을 다루기도 한다. 그렇기에 이 소설집은 알퐁스 도데를 프로방스 지방의 풍경과 삶을 그린 대표 작가로 꼽는 데 가장 큰 영향을 미쳤다고 할 수 있다.

이 외에도 그는 이 시기에 많은 작품을 발표한다. 1868년 《소소한 이야기》(한국에는 '꼬마 철학자'라는 제목으로 알려져 있다.) 이후 1872년 희곡 〈아를의 여인〉과 소설 〈타라스콩의 타르타랭〉을 발표했으며, 희곡 〈젊은 프로몽과 형 리슬레르〉가 유명해지며 외국에도 이름이 알려지게 된다. 이후에도 〈자크〉(1876), 〈나바브〉(1877), 〈전도사〉(1883), 《사포》(1884) 등 많은 소설과 희곡 작품을 발표했으며, 남프랑스의 시인 프레데리크 미스트랄을 비롯하여 플로베르, 에밀 졸라, 콩쿠르, 투르게네프 같은 작가들과 교류하며 프랑스 문학사에 중요한 이정표를 남긴다.

알퐁스 도데의 활발한 문학 활동에는 아내 쥘리아 알라르의 역할도 컸던 것으로 보인다. 그녀 역시 문학적 재능이 뛰어난 작가이자 시인이었으며, 1867년 결혼한 이후 알퐁스 도데가 문학 활동에 집중할 수 있게 지지자의 역할을 충실히 했다. 그런데 알퐁스 도데가 39세 때, 그가 젊은 시절에 걸렸던 매독이 척수 매독으로 진행하게 된다. 이 과정에서 척수 신경이 손상되고 다리의 감각 기능에 문제가 생긴다. 다리를 절뚝거릴 뿐만 아니라 걸핏하면 비틀거리거나 넘어지는 탓에 항상 누군가의 도움이 필요했고, 그런 그를 보살피는 것은 대부분 아내의 몫이었다.

당시 매독은 치료하기가 굉장히 어려운 병이었다. 페니실린이 발견되지 않은 시기였기 때문에 매독을 치료하기 위해 수은을 사용했는데, 수은을 바르거나 수은을 사용하여 증기를 쐬는 등의 치료법은 수은 중독의 위험이 컸다. 알퐁스 도데 역시 긴 치료 과정에서 수은 중독으로 고생했으며, 말년에는 통증을 견딜 수 없어 모르핀을 맞아야 잠시라도 잠을 잘 수 있었다고 한다. 죽기 직전 그가 남겼다는 "인생을 너무 많이 사랑한 나머지 하느님이 내게 벌을 주신 거야."라는 말에서도 그가 느꼈을 고통을 짐작해 볼 수 있다. 그렇게 그는 긴 고통 끝에 1897년 12월 16일, 57세의 나이로 세상을 떠난다.


## 2. 알퐁스 도데와 프로방스

알퐁스 도데의 작품을 이해할 때 프로방스 지역을 빼놓고 이야기할 수는 없다. 사실 그의 삶이나 문학이 프로방스 지역에만 한정되어 있다고 말하기는 어렵다. 프로방스 지역에서 태어나기는 했지만, 어렸을 때 고향을 떠난 뒤로 대부분의 시간을 파리에서 보냈으며 파리에서의 삶을 사랑한 작가로도 알려져 있기 때문이다. 그의 삶 속에서 프로방스는 향수이자 피난처의 역할을 한 것으로 보인다. 파리에 머무르면서도 항상 프로방스를 그리워했으며, 프로방스에서 만난 사람들과 풍경에 대한 것들을 글로 쓰면서 현실의 삶을 버텨냈던 것 같기도 하다.

그의 소설 속에서 프로방스의 모든 것들은 살아 움직이는 듯하며 등장인물들의 삶 역시 눈앞에 생생히 잡힐 것 같다. 그곳에 어떤 매력이 있기에 그가 '프로방스의 시인'이라고 불리게 되었을까?

## 프로방스의 태양

프로방스는 현재 프랑스의 남동쪽부터 남서쪽까지의 넓은 지역을 말한다. 남쪽으로는 대서양, 서쪽으로는 태평양이 닿아 있을 만큼 넓은 공간이기 때문에 이곳에 살았던 사람들의 삶이나 문화도 하나로 규정짓기는 어렵다. 이곳 기후의 특징은 변덕과 불규칙성이다. 봄과 가을은 매우 짧으며 비가 많이 내린다. 겨울은 바다의 영향으로 온화한 날씨가 계속되거나 반대로 매우 건조한 날씨가 이어지기도 한다. 여름에는 작열하는 태양이 모든 것을 녹여버릴 듯한 무더운 날씨가 계속된다.

여름이 긴 만큼 프로방스를 대표하는 것 가운데 하나가 태양이다. 알퐁스 도데의 소설에서도 프로방스의 태양은 중요한 문학적 제재로 등장하며, 작품의 분위기를 형성하는 역할을 한다. 그의 소설에 등장하는 태양은 사람을 보듬거나 자연의 성장을 돕는 존재로 나타나기도 하고, 더위와 짜증을 불러일으키거나 고통을 안겨 주는 존재로 나타나기도 한다.

다음 인용글은 《풍차방앗간 편지》의 가장 첫 작품인 〈정착〉의 일부분이다.

> 내가 자네에게 편지를 쓰는 곳이 바로 여기라네. 따사로운 햇살에 문을 활짝 열어놓고, 내 앞에는 언덕 아래까지 드리운 멋진 소나무숲이 내리쬐는 햇빛에 반짝이고 있네. 지평선 너머로는 알피유산맥의 삐쭉 삐쭉하고 선명한 봉우리들. 고요한 가운데…… 멀리 저 멀리에는 피리 소리, 라벤더꽃 사이에 도요새 한 마리, 길 가는 당나귀의 방울 소리…… 생생하게 빛나는 아름다운 이 모든 프로방스의 풍경들.

활짝 열어놓은 문으로 쏟아지는 햇빛은 신선한 아침의 공기와 평화로운 마을의 풍경을 떠올리게 한다. 그 햇빛 아래에 앉아 편지를 쓰고 있는 모습을 떠올리는 것만으로도 행복감이 느껴지는 것 같다. 알퐁스 도데의 다른 작품에서도 태양에 대한 찬사는 쉽게 찾아볼 수 있다.

축축하게 젖은 머루나무 사이로 도요새 두어 마리가 날갯짓하며 날아오르는…… 부드러운 한 줄기 바람이 나무들 사이로 흐르고, 동쪽 알피유산맥의 멋진 능선 위에는 솟아오르는 태양과 함께 황금색 먼지가 쌓여가고 있네. 아침 햇살은 벌써 풍차의 지붕에 걸렸네.

— 〈병영으로의 향수〉에서

맑고 투명한 하늘 아래 쏟아지는 햇살에 대한 묘사만으로도 태양이 가지고 있는 밝은 생명력을 느낄 수 있다.

이러한 이미지와 동시에, 프로방스의 여름 태양은 강하고 격렬하다. 알퐁스 도데의 소설에서 여름의 태양은 '붉은', '불타오르는', '뜨거운', '펄펄 끓는', '짓누르는' 등과 같이 강렬한 수식어들로 묘사되기도 한다.

7월의 어느 오후, 몹시도 더운 날이었지. 햇빛이 작열하는 도로가 지평선 끝까지 뻗어 있고, 올리브나무와 참나무가 심어진 정원들 사이로 먼지가 뿌옇게 일었네. 온 하늘을 가득 채운 것처럼 은빛으로 이글거리는 태양 아래에는 그늘 한 점도, 바람 한 줄기도 없었지. 뜨거운 열기의 파동, 귀를 찌르는 듯한 매미들의 울음소리. 귀가 먹먹해질 정도로 시끄러워 미칠 것 같은 소음만이 시간을 재촉하는데, 이 소음은 이날 내리쬐는 굉장한 햇빛의 파동과 한 몸 같았다네.

— 〈두 개의 주막〉에서

태양의 열기로 대지는 들끓고 매미의 울음소리는 날카롭다. 숨막힐 듯한 열기 때문에 지상의 모든 것이 증발하여 하늘로 사라질 것만 같다. 이런 강렬한 이미지는 빈센트 반 고흐가 그린 〈사이프러스 나무가 있는 밀밭〉(1889)을 참고해도 좋다. 여름 내내 계속되는 이런 더위는 프로방스 지역에 사는 사람들에게도 버티기 힘든 극한의 고통이었을 것이다.

여름이 되면 늪지가 바싹 말라버리고, 수로들도 뜨거운 열기 때문에 바닥까지 쩍쩍 갈라져 버리니, 그런 곳에서는 정말 살 수가 없지. 그런 꼴을 8월에 물오리 사냥을 하러 왔다가 한번 봤는데, 그 불타 버린 듯한 끔찍하고 서글픈 풍경은 평생 잊지 못할 걸세. 이곳저곳의 늪지가 거대한 솥처럼 햇빛에 끓어올랐지. 불도마뱀, 거미, 파리 등 살아남은 생명체들은 모두 축축한 곳을 찾아 깊숙이 무리를 지어 숨었네. 썩어가는 것들이 내뿜는 독기 품은 안개가 무겁게 떠다니고, 거기에 수도 없는 모기들의 회오리까지…… 흑사병이 퍼지기 딱 좋은 환경이었네.

– 〈카마르그에서〉에서

한나절을 버티기 힘든 더위 속에서도 삶은 계속되고 강렬한 여름의 태양도 결국 지나간다. 그리고 이러한 무더운 날씨 덕에 프로방스 지역의 포도와 올리브와 오렌지는 사람들의 삶을 풍요롭게 만들어준다.

알퐁스 도데는 프로방스의 태양이 지니는 두 측면을 그의 소설 속에 충실히 구현하고 있다.

## 프로방스의 바람

> 아침까지만 해도 날씨가 참 좋았는데, 길을 나설 수 없은 날씨로 바뀌어버렸네. 미스트랄 바람이 너무 세게 불고 햇볕이 너무 강했지. 진짜 프로방스 날씨지.
>
> — 〈노인들〉에서

> 지난 일요일 아침, 일어나면서 문득 파리의 몽마르트르 거리에서 눈을 뜬 건 아닌가 싶었네. 비도 오고, 하늘은 잿빛이고, 내가 사는 풍차 집도 우중충했으니까. 나는 차갑게 비 내리는 날, 온종일 집에 처박혀 있기가 싫어서 곧바로 프레데리크 미스트랄을 찾아가서 거기서 나도 좀 몸을 녹이고 싶었네. (중략) 비가 퍼붓는데 북쪽에서 바람까지 세게 불어대니까 얼굴에다 물동이를 끼얹는 것 같더군.
>
> — 〈시인 미스트랄〉에서

알퐁스 도데의 소설에 자주 등장하는 '미스트랄(mistral)'은 라틴어 'magistralis'에서 유래한 말로, 남프랑스에서 지중해 쪽으로 강하게 부는 차고 건조한 바람을 가리킨다. 이 바람은 더위를 식혀주는 시원한 바람이 되기도 하지만, 추위와 강풍으로 인한 피해를 가져오기도 한다. 그리고 이 바람은 프로방스 지역의 거주 형태나 주민들의 삶에도 영향을 미쳤다. 사람들은 거센 바람으로부터 들판과 건물을 보호할 울타리를 만들어야 했고, 테라스는 바람을 피할 수 있도록 남쪽에 설치해야 했다. 또 "소뿔을 뽑아낼 정도로 미스트랄이 불어댄다."라는 말처럼 미스트랄의 위력을 나타내는 속담들도 생겨났다.

이러한 미스트랄도 '프로방스의 태양'처럼 알퐁스 도데의 작품 속에서 이중적인 모습으로 드러난다.

마을 주변의 언덕들이 온통 풍차방앗간으로 뒤덮일 판이었네. 이쪽 끝에서 저쪽 끝까지 소나무들 위로 불어오는 미스트랄 바람 때문에 돌아가는 풍차 날개들밖에 안 보였고, 저 멀리서부터 밀 포대를 실은 작은 당나귀들이 줄을 지어 끝도 없이 오르락내리락했다네. 그리고 일주일 내내 언덕 위에서 들려오는 소리가 참 좋았지.

– 〈코르니유 영감의 비밀〉에서

미스트랄의 긍정적인 모습은 대체로 풍차와 함께 제시된다. 프로방스 지역의 독특한 풍경을 이루는 풍차는 강한 미스트랄의 힘으로 큰 날개를 돌려 밀을 빻아 밀가루를 만드는 역할을 했다. 이 소설에서 코르니유 영감은 "나는 미스트랄, 트라몽탄*과 함께 일하고 있지. 그것들은 신의 숨결이야."라고 말한다. 그러니까 미스트랄이나 트라몽탄은 프로방스 지역의 산업을 이끌어가고 주민들의 생계를 책임지는 바람이기 때문에 축복을 내려주는 대상으로 여기는 것이다.

그러나 미스트랄은 긍정적인 측면만 지니고 있는 것이 아니다. 강하고 세찬 바람이 인간의 삶을 위협하는 경우도 있기 때문이다. 알퐁스 도데는 미스트랄의 부정적인 모습 또한 작품에 녹여냈다.

이 밤, 나는 잠을 이루지 못한다네. 미친 듯 불어대는 미스트랄 바람이 일으키는 소음이 나를 아침까지 잠 못 이루게 한다네. 부서진 풍차 날개들이 삭풍에 비명을 지르는 범선의 선구들처럼 무섭게 흔들리며 풍차 전체가 으스러지고 있었네. 기와들이 날아가며 지붕은 파국을 맞고 있었지. 저 멀리 어둠 속 숲에서는 무성한 소나무들이 신음 소리를 내며 불안하게 흔들리고 있었고. 마치 바다 한가운데가 아닌가 싶네.

－〈상기네르의 등대〉에서

밤새 부는 강한 바람은 인간을 공포에 떨게 한다. 건물이 삐거덕거리고 기왓장이 날아다니는 상황도 두렵지만, 캄캄한 밤에 나

• 트라몽탄(tramontane) 지중해의 북풍, 피레네산맥과 알프스산맥을 넘어 부는 산바람.

무들이 흔들리는 소리를 계속 듣는 것도 고역이다. 그리고 더 힘든 것은 그런 세찬 바람이 언제 그칠지, 또 그친다 하더라도 언제 다시 불어올지 모른다는 사실일 것이다. 이런 고통은 인간뿐만 아니라 동물들에게도 해당된다.

카마르그에 폭풍우가 몰아치면 이 드넓은 평원에서는 돌아갈 곳도 쉴 곳도 없이 그들 우두머리 뒤에 빽빽이 몰려 있는 소떼를 볼 수 있지. 세차게 불어오는 바람에 정면으로 맞선 채 모두 머리를 숙이고 단합된 힘으로 버텨낸다네. 여기 프로방스의 소몰이꾼들은 소들의 그런 행동을 '바람 쪽으로 뿔 돌리기'라고 하지. 그렇게 하지 않는 소떼는 재난을 맞게 되지. 비 때문에 앞이 보이지 않거나 폭풍우에 휩쓸리면, 그 소떼는 스스로 궤멸하고 만다네. 겁을 먹고 흩어져 버리면 그들 앞에 닥친 폭풍우를 피하려고 날뛰다가 론강이나 바카레 호수나 아니면 바닷속으로 뛰어들게 된다네.

– 〈카마르그에서〉에서

바람을 피할 수 없는 짐승들이 무리를 이루어 생존하는 모습에 감탄할 수도 있지만, 거대한 자연의 위력 앞에 무기력하게 휘둘리는 모습은 처절하기까지 하다.

앞에서 언급한 태양의 이중적인 모습처럼 알퐁스 도데의 소설에 나타나는 바람 역시도 이중적이다. 생존에 필수적인 존재인 동시에 고난과 공포의 대상이기도 한 것이다. 알퐁스 도데는 이러한 프로방스의 미스트랄이 지닌 면모를 그의 작품 속에 풍부하게 담아냈다.

## 프로방스의 대지

알퐁스 도데가 작품에서 주로 다루는 프로방스의 풍경은 지중해와 만나는 해안가 도시의 복잡한 삶이나 도회적 풍경보다는 강한 햇빛과 바람으로 인해 건조하고 척박한 땅이나 산과 함께 펼쳐지는 평원의 모습이다. 실제 그는 펠리브리주(프로방스의 언어와 문화를 보존하고 장려하기 위해 설립한 문학·문화 협회) 회원들과 카마르그 평원을 자주 방문했으며, 그의 작품에서도 카마르그 평원의 모습을 묘사하고 있다.

카마르그 평원은 지중해로 흘러드는 론강의 하류에 위치한 삼각주 지대이다. 약 7만 5천 헥타르에 달하는 이 지역은 거대한 초원으로 이루어져 있으며, 가운데에 넓은 바카레 호수가 자리 잡고 있다. 바다와 접한 이 호수의 주변으로는 다양한 야생동물들도 서식하고 있다.

그 불모지에 자리 잡은 이 마르지 않는 바카레 호수 주변은 귀한 약초들이 푸르게 자란다네. 수레국화, 수생 토끼풀, 용담초…… 겨울에는 푸르고 여름에는 붉은 예쁜 바다 라벤더처럼 환경에 따라 그 색깔을 바꾸는 매력적이고 독특한 식물들이 가득 깔려 있지. 그리고 꽃들이 각양각색의 모습으로 계절마다 피어난다네. 저녁 5시쯤 해가 떨어지면 수면 위에는 작은 배 한 척도 보이지 않는다네. 수평선 끝까지 돛단배 하나도 없다니, 경탄할 만한 광경이네.

- 〈카마르그에서〉에서

광활한 초원과 아름다운 호수의 풍경뿐만 아니라 산의 풍경에서도 프로방스 지역의 매력은 드러난다. 프로방스의 산들은 그렇게 높지 않지만, 가파르고 거친 산세는 보는 사람들의 시선을 사로잡을 만하다. 알퐁스 도데가 몽토방(Montauban)에서 체류할 때는 산속에서 양들을 기르는 목동들과 함께 오랜 시간을 보내기도 했다고 하니, 그의 작품에도 많은 영감을 주었을 것이다.

프로방스에선 더위가 닥치면 가축들을 알프스로 보낸다네. 가축들과 사람들이 대여섯 달 동안 거기서 생활하지. 아름다운 별과 함께 잠드는, 허리까지 자란 향기로운 풀 속에서 말일세. 그리고 첫서리가 내리면 다시 농가로 내려온다네. 그리고 돌아와서는 로즈마리 향이 가득한 회색빛 작은 언덕에서 풍성하게 자란 풀을 뜯는 거지.

- 〈정착〉에서

이런 풍경이 알퐁스 도데가 파리의 삶에 지칠 때면 프로방스 지역으로 돌아가고 싶다는 생각이 들게 했던 원천이지 않았을까? 그의 작품에서 묘사되는 대도시의 다양한 인물 군상들도 매력적이지만, 드넓은 자연 속에서 자연과 함께 살아가는 사람들의 모습이 드러나는 작품들이 훨씬 더 매력적으로 느껴진다. '프로방스의 시인'이라는 호칭처럼, 알퐁스 도데는 프로방스 지역의 모습을 가장 아름답게 표현한 작가라 할 수 있다.

# 02

## 알퐁스 도데
## 작품
## 읽기

# 별

Les étoiles, 1873

## 1. 작품의 줄거리

"뤼베롱에서 가축들을 치고 있을 때였습니다."라는 말을 시작으로 주인공이 자신의 양치기 시절 이야기를 들려준다.

양치기는 목장에서 홀로 외롭게 지내면서 가끔 식량을 가져다 주는 노라드 아줌마나 심부름하는 아이를 통해 아랫마을의 소식을 전해 듣는다. 그 소식들 중에서도 양치기가 가장 궁금해하는 것은 자신의 주인집 딸인 스테파네트 아가씨의 소식이다. 스테파네트 아가씨는 양치기가 지금껏 만난 사람들 가운데 가장 아름다운 사람이었다.

그러던 어느 일요일, 보름치 식량이 도착하지 않았고 양치기는 오후가 넘도록 식량이 오기를 기다렸다. 그때 스테파네트 아가씨가 노새를 몰고 나타났고 양치기는 놀라움과 설렘을 감출 수 없었다. 스테파네트는 식량을 양치기에게 전달하고는 다시 노새를 몰고 돌아갔는데, 폭우로 불어난 강을 건너지 못하고 다시 목장으로 돌아오게 된다.

양치기는 걱정하는 스테파테트 아가씨를 안심시키고 정성스럽게 잠자리를 마련해 준다. 스테파네트는 잠자리가 불편했는지 밖으로 나와 모닥불 앞에 앉았고, 양치기는 아가씨에게 밤하늘에서 반짝이고 있는 별들과 별자리에 대한 이야기를 들려준다. 이야기를 듣던 스테파네트는 스르르 양치기의 어깨에 기대어 잠이 들었고, 양치기는 하늘에서 가장 고귀하고 빛나는 별 하나가 자기 어깨에 내려와 잠들어 있다고 생각한다.


## 2. 제목의 의미

이 소설의 원제목은 'Les étoiles'이다. 'étoile'는 '별'을 뜻하는 여성 명사이다. 프랑스 말에서 명사는 여성형과 남성형이 있는데, '별'을 뜻하는 남성형 명사는 'astre'이다. 그런데 제목에 여성형 명사를 쓴 것은 그 별이 작품 속 목동이 사랑하는 스테파네트를 상징하기 때문일 것이다. 그리고 원제목을 번역하면 복수형 '별들'이 되는데, 여기에도 나름의 의미가 있다.

이 작품에는 부제도 붙어 있는데, '어느 프로방스 양치기의 이야기'이다. 그러니까 제목과 부제를 고려하면, 소설 속 화자인 양치기가 들려주는 이야기 속 중심 소재가 '별'이라는 말이다.

소설에서 "살아 있는 영혼이라고는 구경도 못 하고 제가 기르는 개 라브리와 양들과 함께 방목장에서 지내고 있었습니다."라고 언급된 것처럼, 양치기에게 방목장은 외로운 공간이다. 낮에는 양을 돌보는 일로 바빴겠지만, 일을 마친 밤에는 깜깜한 하늘에 반짝이는 별들을 바라보는 것이 주된 일이지 않았을까? 이때 별은 외로운 양치기를 위로해 주는 친구였을 수도 있고, 시간이나 계절의 흐름을 알게 해주는 대상이었을 수도 있고, 양치기를 지켜주는 수호신 같은 존재였을 수도 있고, 마을의 누군가를 떠올리게 만드는 매개체였을 수도 있다. 이 소설의 마지막 부분을 보면 그 의미가 더 강렬하게 다가온다.

우리 주변에는 별들이 한 무리의 양떼처럼 온순하게 그들만의 운행을 조용히 이어가고 있었습니다. 그리고 이따금 저는 그 별들 중에서 가장 고귀하고 가장 빛나는 별 하나를 떠올렸습니다. 길을 잃은 채 내 어깨에 내려앉아 잠들어 있는……

특별한 존재이지만 바라보는 것 말고 다른 관계를 맺을 수 없었던 별이 이 순간 자신의 어깨에 기대고 있는 스테파네트 아가씨가 된다. 하늘에 떠 있는 별도 별이고 지상에 내려온 별도 별이니, 제목 그대로 '별들'이다. 밤새 양치기가 느낀 행복은 밤하늘에 떠 있는 별들의 숫자만큼 크지 않았을까? 하지만 날이 밝으면 '길 잃은 별'인 스테파네트는 집으로 돌아갈 것이다. 그리고 특별한 일이 생기지 않는 한 자신을 만나러 오는 일도 없을 것이다. 그러니 양치기에게 오늘 밤은 꿈 같은 시간이고 평생에 단 하루밖에 없는 소중한 밤일지도 모른다.

## 3. 이름 없는 별, 양치기

작품의 주인공이라고 할 수 있는 양치기는 이름이 나와 있지 않다. 스테파네트도 그를 '양치기 씨'라고 부른다. 이름이 아니라 직업이나 지위로 불린다는 것은 개인의 인격이 크게 인정받지 못한다는 말일 것이다. 게다가 양치기를 수식하는 말들 또한 그 당시 양치기에 대한 사회적 인식을 드러낸다. 본인 스스로 '산중의 한심한 양치기'라는 표현을 사용했으며, 스테파네트 아가씨는 '가여운 양치기'라는 표현을 사용한다. 당시는 프랑스혁명 이후였지만 아직 신분제의 영향이 사라지지 않았던 때이고, 양치기와 주인집 딸이라는 신분적 차이가 엄연히 존재하고 있었다.

그런데 스테파네트가 다시 방목장으로 돌아올 수밖에 없었던 그날의 특수한 상황은 신분의 차이를 넘어 양치기가 우위에 설 수 있는 환경을 만들어준다. 폭우로 길은 끊겼고 방목장에 다른 사람은 없다. 양치기만이 방목장의 모든 상황을 통제할 수 있으며, 어두워진 밤은 양치기의 존재감을 더 강화한다. 신분적 차이가 존재한다 하더라도 이런 상황에 맞닥뜨리면 누구라도 싱숭생숭해질 수 있을 것이다. 평소 동경해 오던 스테파네트 아가씨와 단둘이 있게 된 상황에서 양치기의 마음은 어땠을까?

양치기는 방목장에서 심심할 때 무슨 생각을 하냐는 스테파네트 아가씨의 질문에 차마 '당신 생각을 한다'는 말을 하지 못한다. 그러고는 스테파네트를 안심시킨 뒤 울타리 안에 잠자리를 마련하고 자기는 밖에 나와서 스테파테트 아가씨를 지킨다.

그녀에게 잘 자라고 인사하고 나서 문 앞에 나와 앉았어요. 하느님이 지켜보셨듯이, 제 피마저도 태울 것 같은 사랑의 불길에도 불구하고 저는 어떤 나쁜 생각도 들지 않았습니다. 울타리 안의 한쪽에서 아가씨가 안심하고 자는 것을 호기심 많은 양들이 지켜보고 있다는 것에 저는 크나큰 긍지를 느낄 뿐이었거든요.
'다른 어떤 양보다 하얗고 고귀한 양처럼 쉬세요. 제가 지키는 것을 믿으시고.'

양치기는 짝사랑하는 여자를 앞에 두고도 나쁜 생각 따위는 전혀 하지 않는다. 그저 우직하게 양을 지키는 양치기 개처럼 스테파네트 아가씨를 보호하는 것만으로도 만족해한다. 마치 수호천사의 모습을 보는 것 같다. 세상 사람들은 양치기들을 무시하고 낮잡아 보겠지만, 스테파네트를 위하는 양치기의 모습은 세상 사람들의 편견과는 전혀 딴판이다.

> 모든 별들 중에 가장 아름다운 별은 바로 양치기의 별이에요. 그 별은 우리가 새벽에 양떼를 몰고 나서면 우리를 비춰줘요. 그리고 우리가 돌아오는 저녁에도 마찬가지예요. 우린 그 별을 '마겔론'이라고 불러요. 이 아름다운 마겔론은 프로방스의 베드로(토성) 뒤를 따라가지요. 그리고 7년마다 그들은 결혼한답니다.

양치기는 스테파네트 아가씨에게 별들의 이름과 별에 대한 이야기를 들려주면서 가장 아름다운 별은 양치기의 별인 '마겔론'이라고 말한다. 마겔론은 양치기를 지켜주는 별이기 때문이다. 양치기 또한 마겔론처럼 순수한 마음으로 스테파네트 아가씨를 지켰다. 하늘에서 빛나는 마겔론처럼 아름다운 스테파네트 아가씨를 순수한 마음으로 지켜준 것이다.
양치기를 지켜주는 별, 별처럼 아름다운 스테파네트, 마겔론처럼 스테파네트를 지켜주는 양치기. 이렇게 '별'은 양치기와 스테파네트를 이어주는 매개체 역할을 하며, 그들의 존재 또한 '별'로 그려진다. 스테파네트를 짝사랑하던 익명의 양치기는 이제 별과 같은 존재로 거듭나게 된 것이다.

## 4. 지상의 별, 스테파네트

스테파네트는 사방 100리에서 누구보다 예쁘다고 알려져 있는 농장 주인의 딸이다. 양치기는 그런 그녀를 짝사랑하지만 스테파네트는 양치기에게 전혀 관심이 없었다.

겨울에 가끔 양떼를 몰고 평지로 내려가면, 저도 저녁에는 농장에 들어가서 저녁 식사를 하기도 했어요. 하지만 그녀는 식당 방을 휙 지나칠 뿐 일꾼들에게 말을 거는 일이 없었지요. 항상 거리를 두면서 조금은 거만한 것 같기도 했어요.

그러던 어느 날, 심부름할 아이와 노라드 아주머니에게 사정이 생기는 바람에 스테파네트가 양치기에게 식료품을 배달해 줘야 할 상황에 처한다.

아름다운 스테파네트 아가씨는 노새에서 내리면서, 꼬마 애는 아프고 노라드 아주머니는 자식들 집으로 휴가를 갔다고 말해줬어요. 그리고 그녀는 도중에 길을 잃는 바람에 늦었다고 해요. 하지만 꽃무늬 리본에, 화사한 치마에 레이스까지, 그렇게 나들이옷을 잘 차려입고 온 걸 보니, 숲속에서 길을 잃고 헤매다 온 것 같지는 않고, 어디서 춤이라도 추고 오느라 늦은 건 아닌가 싶었어요.

양치기에게는 식료품이 방목장에서 살아가는 데 가장 중요한 것이지만, 스테파네트는 양치기의 상황을 그리 중요하게 여기지 않는 듯하다. 그러니까 나들이옷을 입고 즐기다 늦게 가도 상관없는 것이고, 그렇다고 미안해할 일도 아닌 것이다. 어차피 자기가 할 일이 아닌 것을 대신해 주는 것이니, 오히려 양치기가 고마워해야 할 일로 여기지 않았을까?

스테파네트는 짐을 내려놓자마자 빈 광주리를 싣고 서둘러 집으로 돌아간다. 하지만 폭우로 불어난 강을 건널 수 없어 다시 방목장으로 돌아오게 되고, 어쩔 수 없이 양치기와 함께 그곳에서 하룻밤을 보내야 하는 상황에 놓인다.

그런데 갑자기 울타리의 사립문이 열리더니 그 아름다운 스테파네트 아가씨가 나타났어요. 잠을 이룰 수 없었던 모양이죠. 양들이 밀짚을 들썩이며 울었을 수도 있고, 꿈을 꾸면서 잠꼬대를 했을 수도 있어요. 그녀는 불가로 좀 더 가까이 왔습니다. 저는 곧바로 염소 가죽을 그녀의 어깨에 둘러주고 불을 더욱 지폈습니다. 그리고 우리는 아무 말 없이 서로의 곁에 앉아 있었습니다.

처음 스테파네트가 양치기에게 식료품을 주러 왔을 때, 스테파네트는 양치기에게 여자 친구가 있는지를 물으며 황금 염소나 산봉우리를 쫓아다니는 에스테렐 요정이 여자 친구일 것 같다는 시

시껄렁한 농담을 건넨다. 그때와는 달리 고난의 상황을 거쳐 밤이 되자 양치기의 곁에 다가앉을 만큼 마음의 거리가 가까워진 듯하다. 그리고 이때의 침묵은 상대방에 대해 서로 생각할 수 있는 시간이 된다. 그 침묵과 함께 이 작품에서 가장 아름다운 장면이 펼쳐진다.

> 만약 당신이 별들이 아름답게 빛나는 밤을 지새운 적이 있다면, 우리가 잠을 자는 그 시간에 신비로운 또 다른 세계가 고독과 고요 속에서 깨어나는 것을 아실 겁니다. 이제 시냇물 소리는 한층 맑게 들리고, 연못에는 작은 불꽃들이 불을 밝힙니다. 산속의 모든 정령이 자유롭게 오가며 들릴 듯 말 듯하게 공중을 스칩니다. 나뭇가지들이 자라나고 풀들이 크는 소리처럼요.

프로방스 산속에서의 밤 풍경이 눈앞에 그려지는 듯하다. 언젠가 깊은 산속의 캠핑장에 갈 기회가 생긴다면 모닥불에 의지한 채밤하늘을 바라보며 이 구절을 되새겨보고 싶다. 알퐁스 도데의 아름다운 표현도 표현이지만, 낮의 세상이 밤의 세상으로 바뀌었다는 것이 더 중요하다. 신분제가 존재하고 세상의 편견이 존재하는 낮의 시간에 양치기와 스테파네트는 서로 마음을 나누기 어렵다. 밤의 시간이 오고 신비로운 세계가 깨어나면 세상의 규칙을 신경 쓸 필요 없이 사람 대 사람으로 만날 수 있다. 스무 살 동갑내기의 모습으로 말이다.

스테파네트는 별이 가득한 밤하늘을 바라보며 "정말 많구나! 정말 아름답고! 이런 건 본 적이 없었어."라며 감탄한다. 이처럼 두 사람에게 이 밤은 특별한 밤이고, 또한 서로의 마음의 거리가 가까워진 밤일 것이다.

별들의 결혼이 어떤 것인지 아가씨에게 설명하려고 하는데, 저는 제 어깨 위로 뭔가 서늘하고 가느다란 어떤 것이 살짝 놓이는 것을 느낄 수 있었습니다. 곱슬머리에 달린 레이스와 리본을 사각거리며 나에게 기대어 온 것은, 졸음을 참지 못하고 무거워진 귀여운 아가씨의 머리였습니다. 아가씨는 하늘의 별들이 희미해지다가 결국 날이 밝아오는 그 순간까지도 움직이지 않았습니다.

양치기의 어깨에 머리를 기대고 잠든 스테파네트 아가씨. 밤이 지나가고 새벽하늘이 밝아오는 그 짧은 몇 시간이 둘에게는 어떤 시간으로 기억될까? 모닥불을 배경으로 서로 기대어 있는 풍경 자체로도 아름다울 수 있지만, 둘 사이에 믿음이 생겼다는 것이 더 아름답지 않을까? 비록 다시 돌아온 낮의 시간에 둘의 관계가 어떻게 되었는지는 나오지 않지만, 스테파네트의 마음이 조금은 성장한 것은 분명해 보인다.

## 5. 순수한 사랑

이 소설에서 알퐁스 도데가 말하고 싶었던 것은 무엇이었을까? 이
야기 자체로만 보면 '양치기의 순수한 사랑' 정도가 아닐까 싶다.
혈기 왕성한 청년인 양치기가 짝사랑한 아름다운 여인 스테파네
트. 하지만 그녀는 목장 주인의 딸이라, 신분적 차이가 존재하는
현실적 문제 때문에 양치기가 다가설 수 있는 상대가 아니다. 스테
파네트 역시 어쩔 수 없이 식료품을 갖다주러 갔을 뿐 양치기에게
별 관심이 없었다. 그러나 정말 우연한 계기로 방목장에서 둘만의
시간을 보내며 양치기와 스테파네트는 조금 가까워졌고, 양치기
는 세상의 편견과는 달리 스테파네트를 밤새 지켜준다. 하늘의 별
이 늘 자신을 지켜주었던 것처럼.

그런데 알퐁스 도데는 이 소설을 통해 단지 양치기의 순수한 사
랑 이야기만을 전하려고 한 것일까? 당시 시대적 배경을 살펴보면
'순수한 사랑 이야기'의 이면에 담긴 의미를 좀 더 들여다볼 수 있
을 것 같다.

알퐁스 도데가 활동했던 시기를 '벨 에포크(Belle Époque) 시대'라
고도 하는데, 이는 '아름다운 시절'이라는 뜻이다. 나폴레옹 전쟁
이 끝난 1815년부터 제1차 세계대전이 발발하는 1914년까지의 평
화로운 시기를 이르는데, 경제적으로나 문화적으로 급속한 발전
을 이루었다는 긍정적인 면과 함께 차별과 향락의 부정적인 모습

이 혼재하는 시기이다. 특히 당시 유행했던 압생트라는 술은 '악마의 술'이라고 불리며 당시 프랑스의 유흥 문화를 대표하기도 했다.

압생트는 아주 독한 술로, 좋은 향기와 아름다운 빛깔과 저렴한 가격으로 모든 계층에게 사랑받았다. 그런데 압생트의 높은 도수와 술에 들어 있는 투존이라는 화학 성분 때문에 알코올 중독자가 늘어나고 환각이나 착란 증세를 일으키는 사람들이 많아진다는 주장이 국가 문제로까지 다뤄질 정도였고, 결국 1910년대에 압생트를 음용 금지하게 된다. 나중에 투존 성분에 대한 오해가 풀리기는 했지만, 그 당시 사람들이 지나치게 술을 많이 마셨다는 사회적 분위기를 짐작할 수 있다.

또한 알퐁스 도데와 많은 교류를 했던 플로베르가 쓴 소설 《마담 보바리》를 살펴봐도 당시의 사회 분위기를 짐작할 수 있다. 소설의 주인공 엠마는 샤를르와 결혼하지만 결혼 생활에 만족하지 못하고 다른 사랑을 찾아다닌다. 여러 남자와의 밀회 끝에 비극적인 결말로 끝나는 이 소설 내용 때문에 플로베르는 공중도덕 및 미풍양속을 해쳤다는 이유로 재판에 넘겨지기까지 한다. 이후 무죄 판결을 받게 되고 이를 계기로 작가로서 성공하게 되는 과정을 보면, 당시 프랑스 사회의 문란함이나 성적인 자유분방함을 짐작할 수 있다.

이런 시대에 알퐁스 도데가 소설 〈별〉을 통해 던지고 싶었던 진정한 사랑에 대한 메시지가 있었던 것은 아닐까? 이런 시대적·사회적 맥락에서 스테파네트 아가씨에 대한 양치기의 순수한 사랑 이야기를 살펴보는 것도 재미있는 일이다.

# 코르니유 영감의 비밀

Le Secret de maître Cornille, 1866

## 1. 작품의 줄거리

프랑세 마마이는 나이 든 피리 연주자이다. 그는 가끔 '나'의 집에 찾아와 포도주를 마시며 밤을 새우곤 했다. 그러던 어느 날, 프랑세 마마이는 '나'가 소유한 풍차방앗간에서 20여 년 전 일어났던 일에 대해 이야기를 해준다.

그때만 해도 퐁비에유 지역은 방앗간 사업이 번창해서, 마을 언덕에는 풍차방앗간이 빼곡하게 있었고 노새들은 밀 자루를 싣고 끊임없이 언덕을 오르내렸다. 방앗간은 밀을 빻으러 온 사람들로 북적였고, 일요일이 되면 함께 포도주를 마시고 밤이 깊도록 파랑돌(farandole, 프로방스 지방에 예로부터 있던 8분의 6박자의 춤곡) 춤을 추는 부와 행복이 넘쳐나는 곳이었다.

하지만 마을에 증기기관으로 돌리는 제분공장이 세워지고 나서 사람들은 더 이상 풍차방앗간에 밀을 맡기지 않았다. 그러면서 풍차방앗간은 하나둘씩 문을 닫았고 마을은 쓸쓸하게 변해갔다. 그런데 코르니유 영감의 방앗간만은 멈추지 않고 풍차가 계속 돌아갔다. 60년 동안 방앗간 일을 한 코르니유 영감은 마을에 제분공장이 들어서는 것을 반대하고 사람들을 선동하려 했지만, 아무도 그의 이야기를 듣지 않았다.

분노한 코르니유 영감은 방앗간에 틀어박혀 혼자 지냈고, 마을 사람들은 물론 하나뿐인 손녀 비베트에게도 방앗간 안을 절대 보여주지 않았다. 이상한 건 아무도 코르니유 영감에게 밀을 맡기지 않는데도 매일 풍차가 돌아가고 저녁이면 코르니유 영감이 밀가루 부대를 실은 당나귀와 함께 길을 나서는 것이었다. 마을 사람들은 궁금해했지만, 방앗간 문은 항상 굳게 닫혀 있었고 이상한 이 상황에 대한 무성한 소문만 계속 돌았다.

그 후 코르니유 영감의 손녀 비베트와 프랑세 마마이의 큰아들이 사랑에 빠졌고, 프랑세 마마이는 둘의 결혼에 대한 이야기를 하러 방앗간에 갔다가 무례한 대접만 받고 돌아온다. 비베트는 할아버지를 설득하기 위해 프랑세 마마이의 큰아들과 함께 풍차방앗간에 찾아가고, 코르니유 영감이 없는 틈에 사다리를 타고 창문을 통해 방앗간 안을 들여다보게 된다. 눈 앞에 펼쳐진 건 밀가루 포대는커녕 먼지만 가득한 텅 빈 방앗간의 모습이었다. 코르니유 영감은 그동안 밀을 빻는 것처럼 보이게 하려고 풍차를 돌리고 밤마다 횟가루를 싣고 다니며 밀가루라고 속여왔던 것이다.

두 사람은 돌아와서 프랑세 마마이에게 이 상황을 이야기하고, 코르니유 영감의 비밀을 알게 된 마을 사람들은 집에 있는 밀을 몽땅 들고 코르니유 영감의 방앗간으로 찾아간다. 자신의 비밀이 들킨 것을 알고 눈물을 흘리며 울고 있던 코르니유 영감은 마을 사람들이 밀을 맡기러 오자 기뻐했고, 쉬지 않고 일을 했다. 이 모습에 마을 사람들은 자신들의 잘못을 깨닫고 코르니유 영감의 일거리가 절대 끊어지지 않도록 해주었다. 그 뒤로 코르니유 영감의 풍차방앗간은 계속 돌아갔지만, 그가 죽자 풍차방앗간은 영원히 멈추게 되었다.

## 2. 프로방스 대표 풍물, 풍차방앗간

풍차는 산업화 이전에 프로방스 지역을 대표하는 건축물이자 프로방스의 경치를 완성하는 상징물이었다. 풍차가 존재하기 위해서는 동력원이 될 바람이 필요하고, 열심히 빻을 수 있는 많은 곡식이 필요하다. 넓은 평원에 곡식들이 자라고 미스트랄 바람이 불어오니, 프로방스 지역에 풍차들이 많은 건 당연한 일이었을 것이다. 사람들은 풍차방앗간에 찾아와 곡물을 빻고, 물물교환을 하고, 자신들의 삶을 공유했을 것이다. 풍차방앗간이 곧 시장이자 광장의 역할을 한 것이다.

이쪽 끝에서 저쪽 끝까지 소나무들 위로 불어오는 미스트랄 바람에 돌아가는 풍차 날개들밖에 안 보였고, 길 멀리부터 밀 포대를 실은 작은 당나귀들이 오르락내리락 끝도 없이 줄을 지었소. 그리고 일주일 내내 언덕 위에서 들리는 소리가 참 좋았지. (중략) 일요일이면 우린 모여서 방앗간으로 갔소. 거기선 말이오, 방앗간 주인들이 머스캣 포도주를 주곤 했소. 레이스로 짠 어깨 숄에 황금 십자가 목걸이를 건 안주인들은 여왕처럼 아름다웠지. 난 내 피리를 들고 갔고, 모두들 파랑돌 춤을 밤이 깊도록 추곤 했소. 보다시피, 그 풍차들이 우리 동네의 부와 행복 그 자체였지.

열심히 일하고 노동에 대한 대가를 받는 공간. 풍차방앗간은 마을 사람들의 생계를 책임지는 공간이면서 축제의 공간이었다. 일요일이면 마을 사람들이 모여 함께 노래하고 춤추는 시간은, 다음 한 주의 삶을 버티게 하는 힘이 되는 시간이자 마을 사람들의 결속을 다지는 시간이었을 것이다. 이렇게 형성된 농촌 공동체는 부의 절대적인 총량은 적을 수 있지만 같이 행복하게 살아갈 수 있는 공간이었다. 이는 최소한의 사회적 안전망 역할까지 하는 것이다.

문제는 개인의 힘으로 저항할 수 없는 사회의 큰 변화가 찾아올 때이다. 18세기 영국에서 시작된 산업혁명은 유럽으로 번져나갔고, 대도시 파리를 바꾼 힘은 프랑스 전역으로 퍼져나간다. 파리와 리옹, 님과 보케르를 잇는 철도가 완성되고 알레스 지역의 광산

이 본격적으로 개발되면서 프로방스 지역 역시 산업화의 흐름을 거역할 수 없게 된다. 물론 산업과 경제가 발전된다는 긍정적인 측면도 있겠지만, 급속한 변화는 많은 문제점도 함께 가져온다. 기술 발달로 대량 생산이 가능해지면서 부르주아 계층의 부의 축적이 가속화되고, 소규모 공장이나 가내수공업은 몰락의 길로 접어든 것이다. 또한 기술 없이 공장의 일용노동자로 전락한 사람들은 비참한 임금으로 삶을 유지했다. 이러다 보니 부의 편중과 돈에 의한 계층 차별이 나타나게 되었다.

실제 퐁비에유 지역의 풍차방앗간도 이러한 시대적 흐름을 거스를 수 없었다. 증기제분소가 들어서면서 풍차방앗간이 하나둘씩 문을 닫게 되고, 라메 풍차방앗간은 1900년까지, 티소 풍차방앗간은 1905년까지, 생-피에르 풍차방앗간은 1915년까지 명맥을 유지하는 정도에 그친다.

알퐁스 도데가 풍차방앗간에 관심을 가진 것도 사라지는 추억에 대한 애정 때문이었을지 모르겠다. 그가 자신의 친구인 티몰레옹에게 쓴 편지에 "티소 영감의 풍차를 살 수 있는 기회가 될지도 모른다. 나는 그곳에 가게 되면 그 영감에게 풍차에 대해 이야기할 것이다. 사명감 때문에 어쩔 수 없이 그 풍차를 사야 한다."라고 밝힌 것처럼 말이다. 물론 그것이 결국 실행되지 못했지만, 알퐁스 도데가 죽은 뒤에 그의 동료들은 생-피에르 풍차에 그의 기념관을 만들었다. 프로방스를 사랑한 알퐁스 도데의 기념관으로 가장 적

합한 장소라는 생각도 든다.


### 3. 전통의 수호자, 코르니유 영감

60년 동안 방앗간 일을 한 코르니유 영감은 제분업의 전문가라고
해도 좋을 것이다. 그런 그가 하루아침에 일거리를 잃게 되었으니,
이는 그의 삶을 송두리째 빼앗긴 것과 다름없다. 그러니 어떻게 원
통하지 않겠는가.

　자신이 처한 상황이 엄청나게 원통했던 거지. 제분공장이 들어선 뒤
　그는 마치 미친 사람 같았소. 8일 동안이나 마을을 뛰어다니면서 사
　람들을 선동하려고 온 힘을 다해 고함치는 그를 봤단 말이오. 그는 제
　분공장의 밀가루가 우리 프로방스를 독살시킬 거라고 했소. 그러니
　거기에 가지 말라고. 먹고살기 위해 악마의 발명품인 증기기관에 복
　종하는 그놈들은 강도들이라고. 대신 자기는 지중해 북풍과 미스트랄
　바람처럼 거룩한 하느님의 숨결로 일하고 있다고. 그렇게 영감은 풍
　차방앗간을 찬양하는 온갖 미사여구를 다 동원했지만 그의 말을 들어
　주는 사람은 아무도 없었소.

　코르니유 영감의 말대로 풍차방앗간과 관련한 일을 하는 사람

들에게 증기 제분공장은 독약이나 마찬가지다. 하지만 다른 사람들에게는 풍차방앗간을 지켜야 한다는 말이 크게 와닿지 않는다. 왜냐하면 그들에게는 먹고사는 문제가 더 중요하기 때문이다. 증기 제분공장에서 일하는 것이 경제적으로 더 이익이 되는 사람들도 있을 것이고, 같은 물건을 더 싼 가격에 구하려는 행동 자체를 비난할 수도 없는 것이다.

결국 풍차방앗간이 경쟁에서 밀려나는 것을 보면서도 막아낼 수 없었던 코르니유 영감은 사람들을 속이는 비밀스러운 행동을 하게 된다. 아무에게도 텅 빈 풍차방앗간을 보여주지 않으려고 열세 살 먹은 손녀까지 농가에 품을 팔게 하는 코르니유 영감의 행동이 좀 답답해 보이기도 한다. 세상이 변했으니 변한 세상에 적응하려는 노력이 필요하다고 생각할 수도 있고, 부모 없이 자라는 손녀를 위해서라도 무슨 일이든지 새롭게 배워야 한다고 생각할 수도 있다. 하지만 다른 일을 하거나 새로운 기술을 배우기에 코르니유 영감은 너무 늙었다. 사람들은 그에게 아무런 관심과 도움을 주지 않고, 늙은 몸으로 고된 노동을 버텨낼 수도 없는 상황에서 이를 타개할 방법을 찾기가 쉽겠는가?

명성 높은 코르니유 영감. 지금까지 그렇게 존경받던 양반이 지금은 저기서 맨발로 구멍 난 모자에 누더기 떼를 두르고 마치 진짜 보헤미안 집시 같은 모습으로 거리를 걷고 있으니……. 겨우 일요일이나 돼야 우린 미사에 참가하는 그 양반을 봤는데, 우리 다른 늙은이들도 민망했다오. 코르니유 영감도 그렇게 느꼈는지 전에 앉던 자리에 와 앉을 염치가 없었던 모양이오. 항상 그는 성당 입구 끄트머리 성수반* 옆에 가난한 사람들과 머물곤 했소.

그렇게 코르니유 영감은 가난한 현실 속에서 마지막 자존심 때문에 거짓 행동을 반복할 뿐이다. 죽는 순간까지 누구에게도 자신의 풍차방앗간이 망했다는 걸 인정하기 싫었던 것은 아닐까? 노인의 고집이나 아집이라고 표현할 수도 있겠지만 풍차방앗간에 일생을 바친 자신의 삶을 부정할 수 없었던 그의 행동을 나쁜 거짓말이라고 말하기는 어려워 보인다. 마을 사람들도 그런 그의 마음을 알기에 코르니유 영감의 비밀을 알고 난 뒤에 비난하기보다는 집에 있는 밀을 들고 방앗간으로 향했을 것이다.

"아닐세, 이 사람들아. 무엇보다 먼저 내 방앗간에 먹을 것을 좀 주고서…… 생각 좀 해봐! 아주 오랫동안 이 녀석 이빨에 아무것도 넣질 않았거든."

그리고 우린 전부 눈물을 흘리며, 이 가련한 노인네가 이리저리 다니면서 포대를 뜯고, 방앗돌을 살피고, 그러는 동안 곡물이 으깨지고,

* 성수반(聖水盤) 가톨릭 성당 입구에 놓아두는, 성수를 담은 그릇. 신자들은 이 물을 손에 찍어 손으로 가슴에 십자가를 긋고 성당에 들어간다.

54

그 고운 밀가루 먼지가 천장까지 피어오르는 것을 바라봤다오.

그렇게 코르니유 영감은 자신의 방앗간을 다시 돌릴 수 있게 된다. 하지만 그 모습이 왠지 슬퍼 보이기도 한다. 그래도 죽는 날까지 풍차의 날개가 돌아가는 모습을 볼 수 있었던 코르니유 영감은 행복하게 눈을 감을 수 있지 않았을까? 자신의 일을 물려줄 후계자까지는 만들지 못했지만, 급변하는 세상 속에서 따뜻한 정이라도 느끼고 떠날 수 있었으니 말이다.


## 4. 객관적 전달자, 프랑세 마마이

독자분들도 잠깐 상상들 해보시게. 앉아 있는 그대들 앞에 놓인, 향이 기가 막힌 포도주가 담긴 사기 주전자와 그대들에게 이야기하는 나이든 피리 연주자를.

이와 같은 알퐁스 도데의 서술은 독자들을 이야기꾼의 흥미진진한 이야기 속으로 끌고 들어간다. 이야기의 진행에 결정적인 역할을 하는 부분은 아니지만, 이러한 서술 방식은 독자들이 작품에 몰입할 수 있게 만든다. 캄캄한 밤, 향이 좋은 포도주와 함께 마을의 비밀스러운 옛이야기를 풀어나가는 피리 연주자 프랑세 마마이의 모습은 프로방스의 옛 풍경과도 잘 어울리는 것 같다.

작품의 내용상 프랑세 마마이가 관찰자의 시선에서 이야기를 이끌어가는 것도 중요하다. 코르니유 영감이 지키고자 하는 비밀은 최대한 나중에 알려져야 하기 때문이다. 그렇기에 그 관찰자가 코르니유 영감과 너무 가까운 사이여서 방앗간을 자주 방문하는 사람이어서도 안 되고, 코르니유 영감에 대해 무관심한 사람이어서도 안 된다. 프랑세 마마이는 매주 일요일 방앗간 사람들과 함께 잔치를 여는 곳에 가끔 방문해 피리를 불어주고 있어 이야기의 개연성을 만들어가는 데 적당하다. 자기 아들과 코르니유 영감의 손녀와의 인연으로 방앗간까지 찾아가서 악담을 듣기도 하고, 코르니유 영감의 비밀을 밝히는 데에 큰 역할까지 하고 있다.

또한 그는 풍차방앗간이 몰락하는 이야기를 객관적인 입장에서 전달해 주고 있다. 풍차방앗간의 일과 직접적으로 연결된 사람이 이 이야기를 들려준다면 증기 제분공장에 대한 부정적인 시선이 더 강조되었을 것이다. 급속한 산업화의 모습을 비판하는 것이 목적이었다면 그런 서술자가 더 유리하다. 실제 알퐁스 도데와 가까운 사이였던 프레드릭 미스트랄은 기계 문명의 발전에 대해 '끔찍한 거미류, 증기로 된 유령'과 같이 강하게 비판했는데, 그가 이 이야기를 썼다면 내용의 결이 달라졌을 것이다. 하지만 알퐁스 도데는 프로방스의 주민이라기보다는 관찰자의 입장에 가깝다. 그런 그의 시선에서 바라보는 풍차방앗간의 몰락은 슬프기는 하지만 어쩔 수 없는 체념의 정서에 더 가깝다. 작품의 마지막 구절처럼 말이다.

그리고 우리의 마지막 풍차방앗간의 날개들은 도는 것을 멈췄다오. 이번에는 영원히. 코르니유 영감이 죽고 그의 뒤를 이을 사람은 없었소. 어쩌겠는가! 이 세상의 모든 것은 그 끝이 있다오. 론강의 거룻배나 의원 나리들, 크게 꽃을 수놓은 재킷들처럼 풍차방앗간의 시대도 지났음을 인정해야겠지.


## 5. 오늘날의 코르니유 영감

세상은 지금 이 순간에도 계속 변화하고 발전한다. 적자생존의 경쟁 속에서 도태되는 것들이 사라지는 것은 당연해 보이기도 한다. 하지만 이 소설의 마지막 말처럼, 한 사람의 인생이 사라지는 것이 꽃을 수놓은 재킷의 유행이 사라지는 것과 같은 취급을 받는 것은 슬픈 일이다. 물론 소설 속 코르니유 영감은 마을 사람들의 도움으로 큰 위로를 받는다.

아이들이 온통 눈물에 젖어 돌아와 걔네들이 본 걸 나에게 얘기해 줬다오. 그 얘기를 들으니 내 마음도 찢어지는 것 같았소. 잠시도 지체하지 않고 나는 이웃집들로 달렸소. 간단히만 얘기했지. 집에 있는 밀을 몽땅 들고 코르니유 방앗간으로 즉시 가져가라고. 우리가 응당 해야 할 일이니까. 말 꺼내기 무섭게 그렇게들 했소. 온 마을 사람들이 길을 나섰고, 곡물을 실은 당나귀들을 줄 세워서 우린 그 위에 도착했소.

오늘날의 우리에게 이 이야기의 해결 방안은 동화적이다. 한 마을에서 함께 생활하며 공동체라는 정신을 공유하는 마을 사람들이어야 가능한 행동 아닐까? 각자의 삶에 바쁜 파편화된 현대인들에게 다른 사람의 고통을 이해하고 위로하는 일이 불가능하지는 않지만, 참 쉽지 않은 일이다. 우리 주변에 코르니유 영감 같은 경우가 없으면 좋겠지만, 더 빨라진 기술 발전의 속도를 생각하면 누구나 코르니유 영감 같은 상황에 처할 수 있다.

생성형 AI나 인공지능에 대한 관심이 연일 높아지는 시대이다. 기술의 발전이야 당연한 일이고, 갈수록 인공지능을 탑재한 기계나 로봇이 영향력을 행사하는 분야들이 늘어날 것이다. 예를 들어, 대중교통을 책임지는 버스의 경우 자율주행 자동차가 시범 운영되는 지역들이 늘어나고 있으며, 자율주행 기술이 안정화되고 제도적으로 허용되고 나면 버스 운전사들의 일자리는 사라질 수밖에 없다. 아직 오지 않은 미래라고 안심하기에는 누구나 코르니유 영감과 같은 신세가 될 수 있다. 그렇다고 소설 내용처럼 따뜻한 마을 사람들의 도움으로 배려를 받을 수 있다고 기대하기는 어렵지 않을까.

결국 아무도 가보지 않은 길에 대한 우리만의 해결 방안을 고민할 필요가 있다. 자율주행 버스와 관련한 기술 개발을 막을 수 없다면 일자리를 잃을 사람들에 대한 대처 방안이 필요하다. 새로운 일자리를 구하거나 다른 기술을 배울 수 있게 사회 안전망을 강화할 수도 있다. 관련 기술 개발이나 유지와 관련한 일자리를 새롭게 만들고 그런 일자리에 우선적으로 실업자를 배치하려는 노력을 할 수도 있다. 기술의 발전을 좀 늦추더라도 사람과 함께하는 일자리를 만들거나 인력의 의무 배치를 제도화할 수도 있다. 중요한 것은 어떤 방법이든 인간을 위한 배려의 방안이 나오지 않으면 우리는 또 다른 코르니유 영감을 만들어낼 수 있다는 것이다. 빠르게 변화하는 시대에 적응하지 못한다는 이유로 도태되는 것을 당연하게 여기기보다는 어떻게든 한 개인의 삶을 지켜내는 것이 더 소중하지 않을까.

# 스갱 씨의 염소

La Chèvre de monsieur Seguin, 1866

## 1. 작품의 줄거리

'파리에 사는 서정시인 피에르 그랭구아르 씨에게'라는 부제를 달고 있는 이 작품은 그랭구아르에게 스갱 씨의 염소 이야기를 들려주는 형식으로 구성된 우화이다.

　스갱 씨는 염소들 때문에 행복한 적이 없다. 매번 염소들은 줄을 끊고 산으로 갔고 늑대에게 잡아먹혔다. 선량한 스갱 씨는 여섯 마리의 염소를 잃고 나서 앞으로 절대 염소를 안 키우겠다고 다짐했지만 일곱 번째 염소 블랑케트를 사들인다. 집에서 사는 것이 익숙해지도록 일부러 어린 염소를 고른 스갱 씨는 집 뒤에 울타리를 만들어 염소를 잘 보살펴 주었다. 그러나 잘 지내던 블랑케트가 어느 순간 집에서만 지내는 것에 싫증을 내고, 산을 바라보며 떠나고 싶어 한다.

　블랑케트는 스갱 씨에게 집은 따분하고 자신은 산으로 가고 싶다고 이야기한다. 스갱 씨는 블랑케트에게 산에는 늑대가 있고 늑대에게 큰 염소들도 잡아먹혔다고 했지만 블랑케트는 끝까지 산으로 가고 싶다고 한다. 블랑케트를 지키고 싶었던 스갱 씨는 염소를 우리에 가둔다. 그러나 스갱 씨가 창문 잠그는 것을 잊어버렸을 때 블랑케트는 창문으로 빠져나가 산으로 가버린다.

산속의 모든 것은 황홀했고 블랑케트는 두려움 없이 자유를 만끽한다. 이리저리 뛰어다니고 산양들 무리에서 즐거운 시간을 보내다 보니 저녁이 찾아왔고, 블랑케트는 늑대 울음소리에 두려움을 느낀다. 때마침 스갱 씨가 블랑케트를 부르는 트럼펫 소리가 들리지만, 블랑케트는 결국 산에 머물기로 결심한다. 결국 블랑케트를 잡아먹으려고 늑대가 나타나고, 블랑케트는 전력을 다해 늑대와 맞선다. 그렇게 밤을 새우고 날이 밝아오자, 하얀 가죽에 온통 핏자국을 남긴 채 블랑케트는 땅에 쓰러지고 늑대에게 잡아먹히고 만다.


## 2. 작품 속 인물들

### 피에르 그랭구아르

피에르 그랭구아르(1475~1538)는 프랑스 르네상스 초기의 실존 인물로, 시인이자 극작가로 알려져 있다. 이 시인은 자유로운 삶을 살았던 인물인데, 순종과 타협이 가져오는 부와 안락한 삶을 거부했으며 당시 불쌍하고 굶주린 작가로 인기를 끌었다고 한다. 그러니 알퐁스 도데가 이 소설에 붙인 부제 속 '그랭구아르'는 실존 인물을 바탕으로 작가가 설정한 가상의 인물로 볼 수 있다. 당시 알퐁스 도데만이 아니라 다른 작가들도 '그랭구아르'라는 인물을 자신의 작품에 등장시킨 경우가 있었는데, 이는 실존 인물인 그랭구아르의 특징을 작품에 녹여내고자 한 의도로 해석된다.

알퐁스 도데와 비슷한 시기에 활동했으며 소설 《레미제라블》로 유명한 빅토르 위고는 《파리의 노트르담》에 그랭구아르를 등장시킨다. 극작가로 등장하는 그랭구아르는 에스메랄다를 보고 반하게 되고, 꼽추 콰지모도와 푸를로 부주교와의 관계를 통해 본인의 마음과 다르게 에스메랄다의 죽음에 계속 얽히게 된다. 결국 소설의 결말에서 그랭구아르는 비극 작가가 되고 관객들로부터 인정받게 된다. 작품 속에서 그랭구아르는 자기를 구해준 에스메랄다를 사랑하게 되지만, 그녀가 자신을 사랑하지 않는다는 것을 깨닫고 에스메랄다의 새끼 염소 잘리와 놀아주는 것을 좋아하게 된다. 알퐁스 도데도 이 작품에서 그 내용과 연결하여 염소 블랑케트를 묘사하는 장면에서 "거의 에스메랄다의 그 어린 염소처럼 매력적이었다네. 자네도 그 염소 기억하지, 그랭구아르?"라는 표현을 사용하며 독자들의 흥미를 이끌 만한 요소들을 잘 배치해 두었다.

왜 하필 그랭구아르였을까? 진짜 친구의 상황이 안타까워서 이 이야기를 들려주는 것으로 작품을 해석하면, 스갱 씨의 염소처럼 자유를 추구한 끝에 불행을 겪지 말고 현실과 타협하는 것이 낫지 않겠냐는 뜻으로 이해할 수 있다. 하지만 실존 인물인 그랭구아르는 자신의 뜻을 굽히지 않고 끝까지 자유를 추구하는 삶을 산 인물이다. 스갱 씨의 설득에도 결국 산으로 가 자유를 선택하는 염소 블랑케트처럼 말이다. 이미 죽음으로 자신의 삶을 증명했는데 그의 삶의 태도를 바꾸라는 말이 큰 의미가 있을까? 그렇다면 이 소설에서 알퐁스 도데는, 삶의 가치관에 대한 선택은 이 작품을 읽는 독자들 각자의 몫이라고 말하고 싶었던 것이 아닐까.

## 스갱 씨

스갱 씨에 대해 알퐁스 도데가 사용하는 형용사는 '선량한', '착한', '불쌍한' 등이다. 여섯 마리의 염소를 같은 방식으로 잃었지만 일곱 번째 염소를 다시 사서 잘 키워보려고 노력하는 선량한 모습을 보이고, 열심히 키운 블랑케트가 결국 자유를 찾아 떠나버리는 불쌍한 상황에 처하는 인물이다.

스갱 씨는 집 뒤에 산사나무를 둘러 울타리를 만들었네. 거기다 그의 새로운 입주자를 들였지. 그는 주위의 가장 좋은 장소에다가 말뚝을 박고 거기에 줄로 묶었네. 줄을 길게 늘여주는 세심한 배려까지 해서 말일세. 그리고 가끔씩 염소가 잘 지내는지 보러 오기도 하고. 염소는 스갱 씨가 희열을 느낄 만큼 아주 행복해했고 정성을 다해 풀을 뜯었다네.

염소를 위해 정성을 다하는 스갱 씨의 모습은 따뜻하다. 이후에 블랑케트가 산으로 떠나고 나서도 선량한 스갱 씨는 계속 염소를 찾아다녔던 것 같다. 밤이 되면 블랑케트가 위험에 빠지지 않게 트럼펫을 계속 불며 블랑케트가 돌아오기를 바란다. 자신의 염소를 잘 기르고 지키려고 노력하는 스갱 씨의 모습은 분명 따뜻한 주인의 모습이다.

이렇게 해석할 수도 있지만, 우화라는 작품의 특성을 고려해 보면 다르게 해석할 여지도 있다. 이 작품에서 염소인 블랑케트는 사람처럼 말을 하고 사람처럼 생각한다. 그렇다면 블랑케트가 진정으로 원한 것은 무엇이었을까? 그리고 스갱 씨는 그 이야기를 들을 마음이 있었을까?

작품 속에서 자세히 언급되지는 않지만 스갱 씨가 염소를 키우는 이유는, 젖을 짜는 장면에 대한 서술로 미루어 볼 때 생활에 필요한 염소젖을 얻기 위함이다. 그러니 자기 집에서 함께 오래 살면서 젖을 계속 제공해 주어야 존재 가치가 있는 것이다. 이렇게 본다면 스갱 씨의 행동들은 철저히 목적 지향적이다. 울타리를 만들고 말뚝을 박고 줄로 묶어야 염소는 도망가지 못한다. 줄을 길게 늘여주는 세심한 배려는 누구를 위한 배려였을까? 스갱 씨가 좋은 주인이 될 수 있는 건 블랑케트가 풀을 잘 뜯고 계속 젖을 잘 생산해 주기 때문이다. 그러다 블랑케트가 산으로 가고 싶다고 했을 때 스갱 씨는 늑대 이야기를 하며 보내줄 수 없다고 한다.

"아이구야! 내 염소들은 도대체 왜들 이러는 거지? 늑대가 또 내 염소 한 마리를 잡아먹겠구나. 아 참, 안 돼! 말썽꾸러기 녀석, 네가 그렇다 해도 나는 너를 지켜야겠구나! 네가 줄을 끊을지도 모르니, 너를 우리에 가둬야겠다. 거기서 계속 지내거라."
그렇게 해서 스갱 씨는 염소를 온통 깜깜한 우리 속에 집어넣고는 문을 두 겹으로 잠가버렸지.

이제 블랑케트는 말썽꾸러기 녀석이 된다. 산으로 가고 싶다는 블랑케트와 염소젖이 필요한 스갱 씨 모두를 만족시킬 수 있는 해결책은 없었을까? 스갱 씨는 아무런 고민 없이 블랑케트를 우리에 가두겠다는 선택을 한다. 세상 물정 모르는 블랑케트를 통제하려고 한 것이다. 물론 블랑케트가 우리 안에서 적응을 잘하면 다시 햇볕이 잘 드는 마당에서 풀을 뜯게 해주었을 것이다. 산에 올라가면 늑대가 있고 너무 위험하다는 말이 거짓말도 아니니, 스갱 씨의 집 안에서 사는 것이 블랑케트가 안전하게 오래 살 수 있는 방법인 것도 맞다. 그럼에도 불구하고 선량하고 착한 스갱 씨의 타협 없는 태도는 블랑케트를 위한 것인지 자신의 이익을 위한 것인지 쉽게 판단할 수 없다.

## 블랑케트

스갱 씨가 데려온 작은 염소 블랑케트는 매우 귀엽고 사랑스럽다.

스갱 씨의 작은 염소가 얼마나 귀여웠던지! 부드러운 눈빛, 하사관 같은 턱수염, 까맣고 반짝이는 발굽, 주름진 뿔, 긴 외투를 덮은 듯한 하얗고 긴 털, 정말 귀여웠다네! 게다가 온순하고 어리광도 부리고, 젖 짤 때 움직이지도 않고, 그 발을 젖 짜는 그릇에 넣지도 않고. 사랑스러운 작은 염소였지.

연약한 어린 염소는 당연히 보호가 필요하다. 아직 주관이 뚜렷이 생기지 않았을 시기이니 블랑케트 또한 자신의 현실에 대해 특별히 의문을 품지 않는다. 하지만 시간은 흐르고 염소는 성장한다. 아이가 자라 사춘기가 오고 부모의 손길을 벗어나고 싶어 하듯, 블랑케트 또한 자연스레 성장했을 뿐이다.

어느 날, 염소가 산을 바라보며 말했어.
"저 위에 갈 수만 있다면! 목 가죽이나 벗겨내는 이따위 악마 같은 긴 줄 없이, 저기 거친 덤불 속을 깡충깡충 뛰어다니면 얼마나 즐거울까! 당나귀나 소들이야 울타리 안에서 풀을 뜯어도 상관없지만 염소들은 넓어야 한단 말이야."

그 순간부터 울타리 안의 풀들이 슬슬 지겨워졌지. 싫증이 난 거야.


자신을 지켜주던 울타리가 어느새 작게 느껴지고, 목에 매인 줄이 아무리 길다 해도 악마같이 자신을 구속하는 것만 같다. 성장한 블랑케트에게 필요한 것은 자유다. 그러니 스갱 씨가 '산에 가면 늑대가 잡아먹을지 모른다'고 경고해도 그것이 마음에 와닿지 않는다.

결국 우리에서 탈출한 블랑케트에게 산은 황홀한 축제의 공간이다. 모두들 블랑케트를 환영하고 아무도 블랑케트를 방해하지 않는다. 풀도 맛있고 뛰어다니는 것도 즐겁기만 하다. 게다가 고원에서 내려다본 스갱 씨의 집은 너무나 작아 보인다. 문제는 낮의 시간이 지나고 밤이 찾아왔을 때 산에서 블랑케트를 지켜줄 존재가 없다는 점이다.


염소는 늑대 생각이 났어. 미친 듯이 지냈던 하루 종일 생각도 나지 않던…… 그때 계곡 저 멀리서 트럼펫 소리가 들려왔지. 그건 선량한 스갱 씨가 시도하는 마지막 노력이었네. "우- 우-" 늑대가 울었지. "돌아오너라! 돌아오너라!" 트럼펫도 울렸네. 블랑케트는 돌아가고 싶었어. 하지만 말뚝, 목줄, 둘러싸인 울타리가 떠올랐어. 염소는 이제 그런 생활을 해나갈 수 없다고 생각했어. 그리고 산에 머무는 쪽으로 기울고 말았다네.

　결국 블랑케트의 선택은 산에 남는 것이었다. 위험한 상황임을 알면서도 돌아가지 않는 블랑케트의 모습을 어리석다고 할 수도 있다. 자유가 아무리 좋아도 목숨을 걸 일까지는 아니지 않는가. 하지만 스스로 자유를 포기하고 스갱 씨네 울타리 안으로 돌아가는 모습도 행복하다고 할 수는 없다. 자유를 포기한 사람이 다시 자유를 달라고 요청할 수는 없으니까.

　어떤 선택을 해도 후회할 수밖에 없는 이러한 상황이 꼭 블랑케트만의 이야기는 아니었을 것이다. 그랭구아르나 알퐁스 도데 역시 이런 선택의 순간과 고민이 끊임없이 있지 않았을까? 자신이 하고 싶은 문학을 하면서 사는 자유로운 삶과 생존을 위한 돈을 벌기 위해 쓰기 싫은 글을 쓰면서 살아야 하는 타협의 삶. 결국 선택은 본인의 몫이다.

블랑케트는 죽었구나 싶었지. 순간 밤새 싸우다가 아침에 잡아먹힌 늙은 르노드의 이야기가 떠올랐네. 어쩌면 곧바로 잡아먹히는 게 낫지 않을까 하는 생각도 들었지만, 생각을 바꿨다네. 방어 태세에 들어갔지. 머리를 숙이고 뿔을 들이밀고. 스갱 씨의 그, 그렇게 돼버린 용감한 염소처럼 말이야. 늑대를 죽일 수 있다는 희망은 없었지만 (염소가 늑대를 죽이지는 못하잖아.) 단지 르노드보다는 훨씬 오래 버텨내 보고 싶었다네.

　이미 결론이 나 있는지도 모른다. 염소가 늑대를 이길 수는 없고 주변에 도움을 줄 존재도 없다. 새벽까지만 버티겠다는 생각으로 끝까지 싸웠고 수탉의 울음소리를 듣지만 결국 블랑케트는 땅에 쓰러지고 늑대에게 잡아먹힌다. 이런 블랑케트를 우리는 어리석다고 말해야 할까?
　죽을 걸 알면서도 늑대에게 전력을 다해 맞서는 블랑케트의 모습은 투사와도 같다. 불리한 싸움이라고 처음부터 포기할 수는 없는 것 아닌가. 작은 뿔로 전력을 다해 맞서는 모습에 늑대는 숨을 돌리기 위해 후퇴하기도 한다. 최후의 승리는 블랑케트를 잡아먹은 늑대의 것이었지만 블랑케트는 자신의 자유를 지켜내기 위해 끝까지 싸웠다. 스갱 씨의 어린 염소는 어느새 어른이 되어 있었던 것이다.


## 3. 자유와 책임

알퐁스 도데가 사망하고 나서 몇 년 뒤인 1905년, 프랑스 파리에서 장 폴 사르트르가 태어난다. 제2차 세계대전을 겪으며 실존주의 철학자로 우뚝 선 그의 이야기로 스갱 씨의 염소 이야기를 정리하려 한다.

　사르트르에 의하면 인간은 자유롭도록 선고받았으며 자유 안에 던져져 있다. 자유는 실 끊어진 연이 자유롭게 하늘을 나는 것처럼 실이 끊어진 상태를 말하며, 연은 자유로워졌지만 죽음을 맞이하기 전까지는 다시 땅에 내려오지 못한다. 인간에게 주어진 자유도 이처럼 숙명적인 것이며, 모든 인간은 죽음이 오기 전까지 자유에서 탈출하지 못한다. 자유는 탈출할 수 있는 것이 아니라 선고받은 것이기에 인간은 늘 불안할 수밖에 없고, 사르트르는 이를 '자유라는 형벌을 받았다'고 표현한다.

　이에 모든 인간은 자기의 행동을 선택할 수 있는 자유와 그에 따른 책임을 지닌다. 각자가 무엇이 올바르고 바람직한지를 스스로 결정해야 하기에 불안한 것은 당연하다. 선택의 결과가 어떻게 될지 알 수 없고, 결과에 따른 책임을 내가 져야 하기 때문이다. 이런 불안을 느끼는 것은 나쁜 것이 아니다. 불안을 통해서 인간은 자신의 본질을 알게 될 수 있다. 오히려 사르트르가 비판하는 사람은 불안과 책임을 회피하기 위해 자유로운 선택에서 도망치는 사람이다. 자유로부터 도망치려 든다면 결국 자기를 의식하지 못하거나 미래를 걱정할 줄 모르는 존재로 굴러떨어질 뿐이다. 결국 인간은 자유로운 의지에 따라 자신의 삶을 선택하고 그에 책임을 지면서 미래를 향해 나아가야 한다. 사르트르는 이를 '기투(현재를 초월하여 미래에로 자기를 내던지는 실존의 존재 방식)하는 존재'라고 표현한다. 인간은 현재를 넘어서 미래를 향해 자신을 스스로 던질 줄 알아야 한다는 것이다.

블랑케트는 자유를 선택하고 결국 죽음을 맞이한다. 자신의 선택에 대해 회피하지 않고 끝까지 늑대와 싸우다 죽음을 맞이한 블랑케트를 어리석다고 말할 수는 없다. 선택의 결과가 죽음이 될 것은 아무도 알 수 없었고 선택에 대한 책임을 스스로 받아들였기 때문이다. 자유라는 단어와 책임을 잊은 채 평생 스갱 씨의 울타리 안에서 살아가는 염소의 모습은 우리에게 반면교사가 되어야 하는 것이 아닐까.

# 존귀하신
# 고셰 신부의 영약

L'Élixir du révérend père Gaucher, 1869

## 1. 작품의 줄거리

'나'의 이웃인 그라브종의 주임 신부는 세심하게 리큐르 술을 따라주면서 고셰 신부의 영약에 대한 이야기를 들려준다. 고셰 신부의 영약은 '나'의 풍차에서 20리 떨어진 프레몽트레 수도회의 수도원에서 만드는 술이다.

20년 전 프레몽트레 수도회(하얀사제 수도회)는 곤궁에 빠져 있었다. 돈이 없어 건물은 낡고 잡초가 가득하고 심지어 종이 없어 아몬드 나무 판때기를 두들기는 것으로 아침 종소리를 대신할 지경이었다. 마을 주민들에게까지 이런 창피한 모습이 비웃음거리가 되자 대응책을 마련하기 위해 개최한 회의 자리에 고셰 수도사의 참관 신청이 들어온다. 고셰 수도사는 수도원의 소치기다. '베공 아줌마'라고 불리는 제정신 아닌 할머니 한 분이 그를 열두 살까지 키웠고, 수도원에 받아들여진 이후 소를 모는 일과 천주경을

75

암송하는 일만 간신히 했다.

열렬한 신앙과 굳은 신념과는 달리 둔한 머리와 무딘 정신으로 사람들에게 우둔하다는 평가를 받거나 웃음거리가 되었다. 그는 수도원이 고통에서 벗어날 방법을 찾았다면서, 베공 아줌마에게 배운 영약을 제조하는 기술을 찾고 싶다고 제안한다. 그때부터 고세 수도사는 영약 만드는 일에 온전히 매달리게 된다.

6개월 후 고세 신부가 만든 영약은 유명해지고 프레몽트레 수도회의 살림도 빠르게 부유해졌다. 성인의 탑을 다시 일으키고 창을 예쁘게 장식하고 멋진 종을 달아 울릴 수 있게 된다. 고세 신부 역시 복잡한 수도원의 잡무에서 완전히 해방되어 존귀한 대접을 받으며 하루 종일 증류실에서 영약을 만들게 된다. 사람들의 대접에 오만방자해진 고세 신부는 결국 제대로 벌을 받게 된다.

어느 날 저녁, 술에 잔뜩 취한 고세 신부가 미사 시간에 들어와 미사를 방해하고 말도 안 되는 노래를 부르는 사고를 쳐 사람들에게 끌려 나간다. 고세 신부는 다음 날 수도원장의 기도실에서 자신의 잘못을 고해하며, 영약 때문에 벌어진 일이고 앞으로는 영약을 맛보는 일을 하지 않겠다고 말한다. 영약의 질이 떨어지면 고객의 불만이 나올 수 있다는 걱정에 수도원장은 고세 신부가 계속 자기 일을 할 수 있게 성당의 미사에 참가하는 의무를 면제해 주고 증류소에서 미사를 올리게 한다. 매일 저녁마다 고세 신부는 영약을 만들다가 술에 취해 자신의 죄악을 고백하며 고통을 받지만, 수도원에 영약을 찾는 주문은 물밀듯 들어온다.

그러던 어느 화창한 일요일 아침, 고셰 신부는 영약을 만드는 일을 더 이상 못 하겠다고 선언한다. 파산이 걱정된 수도원장과 신부들은 고셰 신부를 말리고, 매일 저녁 고셰 신부를 위해 모든 신부들이 기도를 해 면죄를 받게 해주겠다고 제안한다. 이제 매일 저녁, 수도원의 신부들은 고셰 신부를 위해 기도하고 수도원의 안쪽에서는 고셰 신부가 술에 취해 노래를 부르는 풍경이 펼쳐진다.


## 2. 영약의 실체

가톨릭(천주교) 미사에서 사용하는 술은 특별한 의미가 있다. '미사주'라고 부르는 이 술은 보통 백포도주를 사용한다. 이때의 술은 예수의 피를 상징하고, 신자가 성찬을 통해 포도주를 마시는 것은 예수의 고난과 부활에 동참하는 것을 의미한다. 이런 의미가 있는 술이기에 아무 술이나 사용할 수 없는 것이 당연하고, 술을 만들 때도 전 과정을 엄격하게 관리하여 미사주를 만드는 것이 보통이다. 우리나라도 독일의 화이트와인을 수입해서 미사주로 사용하다가 1977년 9월 로마교황청의 승인을 받아 한국천주교전례위원회 감독 하에 미사주를 따로 만들고 있다.

수도원에서 술을 만드는 것이 낯선 풍경은 아니었다. 종교적 행위를 위해 술을 만드는 과정이 역사가 되어 쌓였을 것이고, 전문가와 기술이 전승될 수 있는 수도원에서 좋은 술이 만들어지는 것도 당연했을 것이다. 유럽 지역의 지정학적인 특징도 이를 뒷받침했다. 석회질 토양 때문에 석회수를 식수로 사용하다 보니 복통이나 배탈이 자주 발생했고, 물을 적게 사용하는 요리법이나 물을 대체하는 음료들이 많이 개발될 수밖에 없었다. 그 대표적인 음료 중 하나가 맥주이다. 중세 시대의 맥주는 지금보다 훨씬 걸쭉한 형태여서 '액체빵'이라고 불렸는데, 수분을 섭취할 수 있을 뿐만 아니라 열량도 섭취할 수 있어 유럽 전역에서 인기가 많았다고 한다. 자연히 많은 수도원에서 자신들만의 기술로 와인이나 맥주를 만드는 양조장을 가지고 있는 경우가 많았고, 작품 내용처럼 수도사가 술을 만드는 것도 이상한 풍경은 아니었을 것이다.

문제는 술이 사람을 취하게 만든다는 점이다. 중세 수도원에서는 술을 과음하면 15일간 참회 기도를 해야 했고, 술을 마시고 실수하면 120일간 기도를 올려야 한다는 벌칙이 있는 곳도 있었다고 하니, 술을 먹고 실수하는 일이 적지는 않았던 것으로 보인다. '악마가 사람을 찾아다니기에 바쁠 때는 그의 대리로 술을 보낸다.'라는 프랑스 속담이 있고, '술이 머리에 들어가면 비밀이 밖으로 밀려 나간다.'라는 《탈무드》의 기록도 있다. 특히 《탈무드》에 술이 취하는 단계를 동물에 빗대어 설명한 구절은 참 흥미롭다.

1단계는 술을 조금 마셨을 때이다. 이때 인간은 양과 같이 온순해진다. 2단계는 술을 조금 더 많이 마셨을 때이다. 이때 인간은 갑자기 사자처럼 무서운 모습으로 변한다. 그래서 아무나 붙잡고 시비를 걸거나 싸움을 하기도 하고 욕을 내뱉기도 한다. 3단계는 2단계보다 좀 더 술을 많이 마셨을 때이다. 이때 인간은 원숭이가 술에 취한 것처럼 허둥대고 눈에 아무것도 보이지 않게 된다. 그래서 미친 사람처럼 히죽 웃기도 하고, 옷을 벗기도 하고, 탁자를 엎어버리기도 한다. 4단계는 3단계보다 술을 더 마시고 만취가 된 상태이다. 즉 정신을 잃을 정도로 술을 많이 먹었을 때이고, 이때 인간은 돼지가 된다. 아무 데나 누워서 고함을 치거나 노래를 부르기도 하고, 토를 하거나 잠들어 버리는 상태가 된다. 작품 속에서 취한 고셰 신부의 모습과 잘 연결되는 듯하다.


## 3. 고셰 신부

고셰 신부는 수도원의 소치기에 불과했다. 앙상한 암소 두 마리를 앞세우고 풀을 먹이는 게 일상인 그를 인정해 주거나 존경하는 사람은 없었을 것이다. 그의 외양에 대한 묘사도 그렇다.

거기 수도원에 받아들여진 이후로, 이 불우한 소치기 수도사는 소를 모는 일과 천주경을 암송하는 것밖에 습득하지 못했소. 더구나 그는 그걸 프로방스 말로만 할 수 있었소. 머리는 둔했고 정신은 납으로 만든 단검처럼 무뎠소. 열렬한 신앙을 가졌지만 한편으로는 약간 망상가 기질도 있고. 확고한 신념으로 규율을 지키고, 거친 옷을 걸치고도 만족해하고, 또 그 팔은 참⋯⋯.

천덕꾸러기 같던 고세 신부에 대한 평가는 그가 베공 아줌마의 영약 제조법을 찾아내면서 달라진다. 그가 어떻게 영약의 배합 방법을 알아냈는지는 아무도 알 수 없지만, 프레몽트레 수도회의 역사는 고세 신부가 영약을 개발하기 전과 후로 나뉠 정도로 큰 변화를 맞이하게 된다.

그러고 나서 6개월 뒤에, 하얀사제 수도회의 영약은 벌써 아주 유명해졌소. 이 백작령의 마을이었던 아를 고을 전체, 농가마다 곳간마다 식량 창고 깊은 곳뿐 아니라 황홀경의 수도승이 그려진 은색 라벨이 붙은 흑갈색의 작은 유리병은 프로방스 지방의 상비약으로 작은 올리브를 담은 올리브 단지들과 포도주 병들 사이에 놓여졌소. 그 영약의 인기 덕분에 프레몽트레 수도회의 살림은 아주 빠르게 부유해졌소.

고세 수도사에 대한 대우도 변화가 생긴다. '존귀하고 지혜롭고 박식하신' 고세 신부님이 된 그는 자질구레한 수도원의 업무에서 완전히 해방되고, 30여 명의 수도승들이 캐온 약초들을 배합하여 영약을 만드는 일에 매진한다. 고세 신부가 저녁 미사에 참석하기 위해 나올 때마다 재무관은 그를 따라다니며 보고하고, 아첨꾼들이 늘 달라붙어 있었다. 그러자 고세 신부는 날이 갈수록 오만방자해진다. 그러다 결국 고세 신부는 술에 취해 주정을 부리게 된다.

상상해 보시오. 어느 날 저녁 미사 도중에 그가 엄청나게 비틀거리면서 성당에 들어왔소. 얼굴은 벌겋고, 숨은 헐떡이고, 갈색 두건 망토는 비뚤어지게 입은 채, 성수반의 물을 묻히는 것도 힘들어하면서 팔꿈치까지 옷의 소매를 적시는 실수를 저질렀소. 처음에는 모두들 그가 미사에 늦은 죄책감 때문에 그러는 줄 알았소. 하지만 그가 정면의 제단을 향해 절하는 대신 파이프 오르간과 그쪽의 누대에 대례를 올리질 않나, 바람을 일으키며 성당 안을 가로지르질 않나. 성가를 부르는 동안 5분이나 자기 좌석을 찾고 있질 않나, 그렇게 앉고 나서는 은혜에 겹다는 듯이 실실 웃으며 오른쪽 왼쪽으로 기우뚱거리고 있으니, 성당 내부 전체에 깜짝 놀라서 중얼거리는 소리가 퍼져갔소.

미사에 늦는 것에 대해 죄책감을 느껴야 할 정도의 중요한 행사에서 고세 신부는 대형 사고를 치고 만다. 고세 신부를 향해 "그를 데려가시오. 사탄이 들었소!"라고 외친 사람들의 마음이 느껴질 정도이다. 아마 고세 신부도 술이 깬 다음 날 창피함과 후회로 고개를 들 수 없지 않았을까.

이때라도 고셰 신부가 영약 제조를 그만두었다면 모든 문제가 적당한 선에서 정리되었을지도 모른다. 하지만 영약으로 벌어들이는 돈을 포기할 수 없었던 수도원장과 수도원 사람들의 설득에 고셰 신부는 계속 영약을 만들게 되고 계속 타락하게 된다.

"모르겠다! 한 방울 더 먹자!"
그러고는 한 방울에 또 한 방울, 그의 잔에 가득 차도록 따르면 불행은 끝이 났소. 이제 기운이 다한 신부는 커다란 안락의자에 널브러져 몸을 내던진 채 눈꺼풀을 반쯤 감고는 한 모금 한 모금 그 죄스러운 것을 마셨소. 그리고 아주 감미로운 양심의 가책과 함께 아주 낮은 목소리로 중얼거렸소.
"아! 나는 저주받았어. 지옥에 떨어질 거야."

고셰 신부가 술을 마시는 것은 노동에 가깝다. 위로를 받기 위해서, 또는 즐거움을 얻기 위해서 적당히 술을 마시는 것을 나쁘다고 할 수는 없을 것이다. 하지만 고셰 신부가 술을 마시는 것은 수도원의 부와 번영을 위해 끊임없이 해야만 하는 일이다. 여러 사람의 존경을 받음에도 불구하고 이제 지겹다는 고셰 신부의 표현처럼, 그의 모습을 수도자라고 말하기는 어렵다. 술이 깬 자기의 모습을 보며 고셰 신부는 무슨 생각을 했을까? 집단의 이익을 위해 온몸을 바쳐 희생하는 개인의 모습이 슬퍼 보이는 때도 있다.

## 4. 수도원장과 수도사들

이 이야기에서 비판받아야 할 대상은 수도원장과 수도원의 수도사들이다. 하지만 알퐁스 도데는 이들을 따끔한 비난의 대상이 아니라 풍자의 대상으로 만들어놓았다. '개구리 올챙이 적 생각 못한다.'라는 말처럼, 수도원 사람들은 자신의 과거 모습을 모두 잊은 듯하다.

> 불쌍한 하얀 사제님들! 성체 축일의 행렬에서 또 보고야 말았소. 슬프게도 누더기 망토를 입은 데다 레몬즙하고 수박만 잡쉈는지 창백하고 비쩍 마른 모습으로 행진하고 있었소. 그리고 그들 뒤에 수도원장님은 고개를 푹 숙이고 지나가셨소. 종벌레가 먹어버린 하얀 면 주교관을 쓰시고. 들고 계신 십자가 지팡이의 금박이 다 벗겨졌으니 백주대낮에 드러내시기가 아주 창피하셨겠지.

무척 가난했던 그들은 고셰 신부의 영약 덕에 부유해진다. 성인의 탑을 다시 일으키고, 창을 예쁘게 장식하고, 수도원장은 새 주교관을 머리에 쓴다. 수도원이나 종교 생활이 꼭 가난해야 하는 것은 아니기에 이 변화가 잘못된 것은 아니다. 부유해진 수도원이 사회에 끼칠 긍정적인 영향도 있을 것이고, 수도사들의 신앙생활에 도움을 줄 수 있는 부분도 많을 것이다. 다만 성스러운 미사를 망친 고세 신부가 자기 죄를 반성하면서 술의 질이 좀 떨어지더라도 맛보는 행위를 그만해야겠다는 말에 고객들의 불만을 걱정하는 수도원장의 반응은 정상적이지 않다. 그것은 마치 영약 상점이나 주류 판매소를 운영하는 사람의 반응과 같다.

> 수도원은 공장의 면모를 조금씩 갖춰갔소. 포장하는 수도사들, 상표 붙이는 수도사들……. 어떤 이들은 글자를 찍고, 어떤 이들은 화물을 적재하고, 하느님에 대한 봉사라고는 여기저기에서 종 몇 번 치는 것조차도 잊어갔소.

이 사람들을 수도사라고 부를 수 있을까? 가톨릭 교회법에서도 수도사들의 청빈은 특별히 강조하고 있다. 이때 청빈은 우리가 흔히 말하는 가난과는 의미가 다르다. 수도자가 갖추어야 할 청빈은 세속의 가난처럼 필요한 의식주가 모자라거나 없는 것이 아니라 재물을 초월하는 가난한 상태를 스스로 선택한 것을 말한다. 프레몽트레 수도회가 청빈을 실현하려 했다면, 검소한 모습과 태도를 유지하면서 영약을 판매한 수익을 주변의 가난한 사람들에게 베푸는 모습을 보여야 했다. 하지만 이제 수도원장은 반짝이는 주교 반지를 낀 하얗고 아름다운 손을 갖게 되었으며, 수도원 사람들은 연말 결산의 재산 목록들을 들으며 흐뭇해할 뿐이다. 이런 사람들의 기도를 진정한 기도라고 할 수 있을까?

"그렇다면 좋네! 안심하게. 이제부터는 매일 저녁의 미사 때마다 우리는 그대가 바라는 바를 위해 아우구스티누스 성인께 기도를 암송하겠네. 그 어떤 것도 완전하게 면죄해 달라고 덧붙여서. 이렇게 하면 어떤 일이 있어도 그대는 보호받을 것이네. 죄악을 저지르는 동안이라도 사면일세."

중세 말기에 타락한 교황청의 면죄부 판매가 떠오르는 것 같은 구절이다. 수도자 같지 않은 수도자들이 주정뱅이 수도자 고셰 신부를 위해 기도하는 모습. 아이러니한 이 상황이야말로 알퐁스 도데가 비판하고 싶었던 현실이지 않을까? 모든 프랑스의 교회가 타락한 것은 아니었겠지만, 어느 시대의 어느 집단이든 일부의 일탈이 전체를 창피하게 만드는 것은 같다.


## 5. 알퐁스 도데의 작품 속 사제들

알퐁스 도데의 삶에서 가톨릭은 떼려야 뗄 수 없다. 할아버지인 자크 도데부터 아버지인 뱅상 도데까지 모두 가톨릭 농부 가정 출신이었고, 어머니 아들렌의 집안 역시 독실한 가톨릭 농부 가정이었다. 알퐁스 도데는 자연스레 종교를 접할 수밖에 없었고, 사촌들과 종교 행사에 참여하거나 교회 합창단으로 활동하는 등 신앙생활로 가득한 어린 시절을 보낸 것으로 보인다.

> 그래서 어머니의 제안으로 성당의 성가대 학교에 가게 되었다. 그곳
> 에서는 라틴어나 그리스어를 배우는 대신에 미사를 돕는 일을 배웠
> 다. 또 일주일에 한 번은 미쿠 신부님을 따라 장례 미사에도 갔는데,
> 그건 공부보다 훨씬 재미있었다. 사람들은 내게 신부 복장이 아주 잘
> 어울린다고 말해주었다.
>
> −《꼬마 철학자》에서

집안 분위기에 의해 자연스럽게 형성된 종교에 대한 친밀도는
아버지의 파산으로 경제적인 어려움을 겪으며 급속도로 낮아져
간다. 그가 회고록에서 "종교적 사상에 관한 것은 별로 없다. 냉엄
함이 나를 화나게 했다. 고등학교를 졸업한 뒤에 생-피에르 합창
단에서 신을 불러보았으나 신은 오지 않았다."라고 표현할 정도로
청소년 시기에 그는 신앙적으로 혼란함을 겪었던 것으로 보인다.

〈존귀하신 고셰 신부의 영약〉 외에도 그의 다른 작품《뉘마 루메
스탕》,《전도사》에서도 부정적인 사제의 모습이나 종교적인 회의
감에 대해 언급하고 있다. 다만 그것을 가톨릭에 대한 완전한 부정
으로 보기는 어렵다. 그가 비판한 것은 지나치게 형식적이며 가식
과 부조리로 가득한 종교와 종교인에 한정되었으며, 가난한 사람
들이나 대중을 위한 가톨릭의 모습에는 찬사를 보냈다.

이 기억할 만한 일요일부터 퀴퀴냥에서 풍기는 미덕의 향기는 그 주위 사방천지로 전해졌습니다. 그리고 이 훌륭한 신부 마르탱 씨는 행복하고 환희에 넘쳤습니다. 어느 날 밤, 그는 그의 양떼를 몰고 반짝이는 예배 행렬을 이뤄서 불 켜진 촛불 사이로 소년 성가대가 부르는 찬미송을 들으며 향기로운 향불 연기 속에서 하느님 나라로 가는 빛나는 길로 올라가는 꿈을 꾸었습니다. 자, 이것이 그 역시도 다른 훌륭한 동료에게서 들었다면서 위대한 방랑 시인 루마니유가 여러분께 전하라는 퀴퀴냥의 주임 사제에 관한 이야기입니다.

― 〈퀴퀴냥의 주임 사제〉에서

즐거운 계략을 통해 마을 주민들을 신앙으로 복귀시키고 종교적 분위기를 잘 만들어가는 〈퀴퀴냥의 주임 사제〉 이야기나 《꼬마 철학자》에서 자살을 결심한 주인공을 구원해 주는 제르멘 신부에 대한 이야기처럼 존경할 만한 요소를 갖춘 사제들의 이야기도 그의 작품에서 찾아볼 수 있다. 즉 앞서 언급한 고셰 신부에 대한 비판을 특정 종교에 한정하여 생각하기보다는 우리 주변에서 접할 수 있는 부정적인 인간상에 대한 묘사라고 보는 것이 좋을 것이다.

# 마지막 수업

La Dernière Classe, 1873

## 1. 작품의 줄거리

'어느 알자스 소년의 이야기'라는 부제가 붙은 이 작품은 프랑스어를 마지막으로 공부하는 날 아침에 지각한 어린이 '나'를 주인공으로 하고 있다.

그날 아침 '나'는 학교에 지각해서 아멜 선생님께 꾸중을 들을까봐 겁에 질려 있었다. 아멜 선생님은 분사에 관해서 물어보겠다고 말씀하셨는데 '나'는 하나도 모르고 있었다. 그래서 '나'는 수업을 듣지 않고 들판으로 달아날 생각도 했다. 날씨는 너무 따뜻하고 화창했고, 리페르 평원에서는 프로이센 군인들이 훈련하고 있었다. 확실히 '나'는 분사의 규칙보다 그것에 더욱 매혹되어 있었다.

'나'가 면사무소를 지나는데 사람들이 게시판 앞에 모여 있었다. 2년 전부터 패전, 징발, 프로이센군의 지시 등 좋지 않은 소식들이 이곳을 통해 나왔다. 아이들이 떠드는 틈을 타서 조용히 자리에 앉

을 생각이었으나 일요일 아침처럼 고요하기만 했다. 아멜 선생님
은 호통을 치기는커녕 "프란츠야, 어서 네 자리로 가거라." 하고 부
드럽게 말씀하셨다. 선생님은 정장을 입고 계셨으며, 오제 할아버
지 등 마을 사람들이 같이 와 앉아 있었다. 모두가 슬퍼 보였다. 아
멜 선생님이 엄숙한 음성으로 '알자스-로렌 지방에서는 앞으로 독
일어만 가르치라는 명령이 베를린에서 내려와 너희와 하는 마지
막 수업'이라는 이야기를 했다.

마지막 프랑스어 수업이라는 말에 '나'는 온통 마음이 흔들렸다.
프랑스어를 영원히 못 배운다고 생각하니 수업을 빼먹고 놀러 다
니던 일이 무척이나 후회되었다. 선생님이 '나'의 이름을 불렀고,
'나'는 분사 문법을 제대로 암송하지 못해서 가슴이 먹먹했다. 아
멜 선생님은 이어 프랑스어가 이 세상에서 가장 아름답고 명확한
언어라고 설명하면서, 언어를 잊지 말고 잘 간직해야 한다고 말했
다. 학생들은 문법 수업과 글쓰기 수업을 모두 열심히 집중해서 들
었다.

교회 종소리가 정오를 알렸고, 훈련을 마치고 돌아오는 프로이
센군의 나팔 소리가 교실 창 밑에서 들려왔다. 아멜 선생님은 창백
한 얼굴로 교단에서 일어났다. 그러고는 목이 메어 말을 잇지 못한
채 칠판에 '프랑스 만세'를 적었다. 아멜 선생님은 벽에 머리를 기
댄 채 말없이 우리를 향해 손짓하셨다. '이제 끝났다. 돌아들 가거
라.'라고 하는 듯이.

소설에 나타난 정보에 충실하게 작품을 해석하는 것을 '내재적 관점'이라고 한다. 문학 작품 감상의 방법 중 하나인데, 이처럼 작품 자체를 독립적인 이야기로 바라볼 때 작품이 전달하는 주제를 선명하게 느낄 수 있다.

> 면사무소 앞을 지나는데 철책을 두른 게시판 앞에 사람들이 옹기종기 모여 있는 것이 보였습니다. 2년 전부터 패전이라든지, 징발, 프로이센군의 지시 등 갖가지 좋지 못한 소식들은 모두 이곳을 통해 나왔습니다.

'패전'이라는 단어를 통해 이 지역에 프로이센군이 침략해 왔고, 마을은 점령당한 상태임을 알 수 있다. '징발'이라는 단어까지 나오는 것을 보면 마을 사람들에 대한 태도나 대우가 좋은 것 같지 않다. 제재소 너머 평원에서는 프로이센 군인들이 훈련을 하고 있으니 마을 사람들은 불안에 시달렸을 것이다. 다행히 학교는 수업을 하고 있었고, 지각할 걱정을 하며 뛰어가는 프란츠에게 대장장이 바쉬테르 영감은 '이제 지각할 일은 없을 것이니 서두를 필요가 없다'는 불길한 소리를 전한다. 학교에 도착해 시끄러운 틈에 몰래 자리에 들어갈 계획이었는데, 그날따라 학교는 너무 조용하다. 평상시와 다르다는 것은 무슨 일이 발생했다는 것이다. 얼굴이 붉어진 채 와들와들 떨고 있는 주인공에게 아멜 선생님은 화를 내지 않고 다정하게 자리에 가서 앉으라고 말한다. 교실의 분위기도 이전과는 다르다.

나는 의자를 뛰어넘어 곧바로 내 자리로 가서 앉았습니다. 두려움이 좀 사라지고 나서야 나는 우리 선생님이 장학 검열이 있는 날이나 시상식 때만 입으시는 초록색 코트에 가늘게 주름진 가슴 장식을 달고 수놓은 검은 비단 모자를 쓰고 있다는 것을 알아챌 수 있었습니다. 게다가 교실 전체가 뭔가 평소와는 다른 엄숙한 분위기에 휩싸여 있었습니다. 하지만 무엇보다 놀란 것은 평소에는 비어 있던 교실 뒤쪽 긴 의자에 마을 사람들이 우리처럼 조용히 앉아 있다는 사실이었습니다.

특별한 날 입을 만한 옷을 입고 있는 선생님에게 좋은 일이 있으면 좋았겠지만, 분위기는 엄숙하고 마을 사람들까지 교실에 와 있다. 특히 낡은 초급 프랑스어 교재를 무릎에 펴놓은 채 앉아 있는 오제 할아버지의 모습은 프랑스어와 관련하여 좋지 않은 일이 일어난 것을 짐작하게 한다.

"애들아, 이게 내가 너희에게 해주는 마지막 수업이다. 알자스와 로렌 지방에서는 앞으로 독일어만 가르치라는 명령이 어제 베를린에서 내려왔다. 내일 새로운 선생님이 오실 거다. 오늘이 너희의 마지막 프랑스어 수업 시간이다. 잘 들어주기 바란다."

무슨 일이 생긴 건지 눈앞에 그려진다. 주인공 프란츠가 사는 곳은 알자스 지방의 작은 마을이고 프랑스라는 국가에 속해 있다. 프랑스와 프로이센의 전쟁에서 프로이센군이 승리했고, 이 마을은 앞으로 프로이센이 다스리게 된 것이다. 프랑스어를 사용해 오다가 하루아침에 독일어를 사용해야 하는 상황이 되어버렸다. 아멜 선생님이 자책하는 말은 모두의 가슴을 먹먹하게 한다.

"이제 프로이센 사람들이 이렇게 말해도 할 말이 없어. '뭐야! 프랑스인이라고 우겨대면서 자기 나라 말을 할 줄도 모르고 쓸 줄도 모르는 거냐!' 하지만 프란츠, 모두 네 잘못은 아니란다. 우리 모두 자책할 게 있어. 너희 부모님들은 너희의 교육에 별로 관심이 없었어. 너희를 밭이나 공장에 보내 돈 몇 푼 벌어 오는 걸 더 반가워했지. 나 자신도 자책할 게 전혀 없을까? 공부를 시키는 대신 이따금 정원에 물을 주라고 하지 않았던가? 내가 송어 낚시를 가고 싶을 때 너희를 놀게 만들면서 꺼림칙하게 여기기나 했나?"

우리가 평화롭게 즐기고 누리는 모든 것은 사실 국가라는 존재가 사라지면 유지될 수 없다. 국가가 힘이 있어야 평화가 유지될 수 있는 것은 당연하다. 국가가 힘이 있으려면 우수한 국민이 필요하고, 우수한 국민은 교육으로 길러내야 한다. 그러니 학교의 역할이 중요하고, 재미없는 공부지만 나와 공동체의 행복을 위해 힘들어도 해야 하는 당위성이 생긴다. 이런 교육을 빠르고 정확하게 하려면 의사소통을 위한 언어도 중요하다. 같은 언어를 공유한다는 것은 의사소통이 편리하다는 차원을 넘어서, 사상과 문화를 공유하며 공동체의 유지와 번영에 중요한 역할을 한다.

아멜 선생님의 표현대로 한 국민이 노예로 전락하더라도 언어만 잘 지키고 있으면 감옥 열쇠를 손에 쥐고 있는 것이나 마찬가지인데, 이런 프랑스어를 마지막으로 수업하는 교실은 뒤늦은 학구열로 조용하다. 이미 패전국이 되었고 승리자의 지시에 따를 수밖에 없는 상황이라 너무 늦은 반성은 슬픔만 배가시킬 뿐이다. 그렇게 수업은 끝나고 목이 메어 말을 마치지 못한 아멜 선생님은 칠판에 큰 글씨로 '프랑스 만세!'를 쓰며 극적인 장면을 완성한다.

이 작품을 내재적으로 감상하여 우리가 얻을 수 있는 주제는 무엇일까? 어린 프란츠의 상황에 집중하여 공부의 필요성이나 공부에도 때가 있음을 강조하는 주제를 뽑아내도 나쁘지 않다. 프란츠와 마을 사람들에 주목하여 나라를 빼앗기고 언어를 잃은 사람들의 슬픔을 드러내는 것을 주제로 뽑아내도 좋다. 조금 더 넓히면, 언어를 잘 가꾸고 국가를 지켜내는 것의 소중함을 이야기하는 것도 좋다. 작품을 해석하는 것은 독자의 몫이니, 본인의 해석에 따른 감동을 가져가면 충분할 것이다. 다만 이 작품에 대한 이야기를 여기서 끝낼 수는 없다.


## 3. 외재적 관점으로 바라보기

외재적 관점은 내재적 관점과 대비되는 것으로, 작품 바깥의 정보들을 활용하여 작품을 분석하고 바라보는 문학 감상 방법이다. 작가의 정보나 시대 현실 및 상황, 독자의 반응 등 작품을 구성하고 있는 사회적·문화적 요소들을 고려하면 작품을 좀 더 풍성하고 다채롭게 읽을 수 있다.

　이 작품은 공간적 배경인 알자스-로렌 지방을 바라보는 시선에 따라 작품의 해석이 극과 극으로 달라질 수 있다. 알자스-로렌 지방은 파리의 북동쪽에 위치하며 독일과 국경을 맞대고 있다. 특히 알자스 지역은 양국의 접경 지역인데, 이 지역은 특정 국가의 영역이라고 표현할 수 없을 만큼 주인이 많이 바뀐 땅이다.

　이곳은 독일계 민족들이 오랜 옛날부터 살던 땅이었다. 여러 왕국 시절을 거쳐 신성로마제국에 속했던 이 땅은 프랑스의 루이 14세의 침공으로 1648년 베스트팔렌 조약을 통해 프랑스에 복속되었다. 이후 1870년에서 1971년까지 계속된 보불전쟁(프로이센-프랑스 전쟁)에서 프랑스가 패배하고 알자스-로렌 지역은 독일 소유가 된다. 〈마지막 수업〉은 이때를 배경으로 하고 있다. 그 이후의 역사도 복잡하다. 제1차 세계대전에서 독일이 패하면서 알자스-로렌 지역은 다시 프랑스로 넘어간다. 제2차 세계대전에서는 독일이 프랑스를 점령하면서 이 지역을 다시 합병했지만, 전쟁은 연합군의 승리로 끝났고 결국 현재 프랑스가 이 땅의 주인이다.

그렇다면 당시 이 지역의 주민들은 어느 국가의 사람이라고 해야 할까? 작품이 발표될 때를 기준으로 프랑스의 땅을 프로이센에게 빼앗겼다고 보기에는 여러 부분이 눈에 걸린다. 주인공의 이름인 '프란츠(Franz)'는 독일식 표현이며, 프랑스식 표현으로는 '프랑수아(François)'가 되어야 한다. 또 작품에 나오는 오제 할아버지의 '오제'라는 이름도 원문에서는 독일식 이름인 '하우저(Hauser)'로 나타나 있다.

실제 19세기 알자스-로렌 지역의 방언에 관한 연구에서도 독일에 가까운 알자스 지역에서는 독일어 계열 방언을 사용하는 화자가 많았고, 프랑스에 가까운 로렌 지역에서는 프랑스 계열 방언을 사용하는 화자가 많은 것으로 나타난다. 그렇게 보면 소설 속 주인공인 프란츠가 프랑스어를 잘 모르고 배우는 것을 어려워하는 것도 당연하다. 학교에 입학하기 전까지 독일어 계열의 알자스 방언을 집에서 배우고 사용한 아이가 새롭게 언어를 배우는 것은 쉽지 않다. 독일어 계열의 방언을 사용하고 학교에서 외국어 같은 프랑스어를 국어라고 배우는 상황에서 프랑스어에 대한 애정을 갖길 바라는 것은 모순이다.

물론 파리에서 생활했으며 국수주의자로 분류되는 알퐁스 도데의 눈에 이 지역은 적국 프로이센에게 억울하게 빼앗긴 곳이라는 의미가 컸을 것이다. 알퐁스 도데는 땅을 빼앗긴 것도 모자라 언어의 사용까지 금지당하는 이 억울함을 프랑스 시민들에게 알리며 전쟁의 패배로 약해진 애국심을 높이려는 사명감에 이 작품을 쓴 것이 아닐까?

실제로 그가 알자스 지역 사람들에 대한 역사적 배경을 알고 있었지만, 프랑스 우월주의에 심취하여 이 작품을 창작했다고 비판하는 사람들도 많다. 프랑스 국민의 시각으로 보면 큰 문제가 없는 일이겠지만, 다른 나라의 침략으로 나라를 빼앗긴 경험이 있는 국가의 사람들이나 알자스 지역의 사람들에게 아멜 선생님이 프랑스어의 아름다움을 설파하며 슬픈 표정으로 '프랑스 만세'를 칠판에 적는 장면은 침략자의 자기 합리화나 마지막 발악으로 보일 수도 있다. 이렇게 본다면 〈마지막 수업〉은 알퐁스 도데의 다른 작품들과는 결이 다르기도 하고, 우리나라에서 이 작품이 사랑받았던 것이 아이러니하기도 하다.

〈마지막 수업〉은 해방 이후부터 1차 교육과정(1955~1963)까지 중학교 교과서에 실려 있었으며, 2차 교육과정부터는 초등 교육과정으로 자리를 옮겨 수십 년 동안 교과서에 실려 있었다. 먼 유럽의 역사까지 미처 파악하지 못하고 작품의 내용에만 집중한 탓인지, 〈마지막 수업〉은 우리에게 국어의 아름다움과 공부의 중요성, 나라를 지키는 것에 대한 소중함을 강조하는 작품으로 우리 곁에 오래 머물러 있었다. 작품을 읽고 해석하는 것의 자유로움이야 당연히 중요하지만, 시대적·역사적 배경이나 작가의 의도 등을 고려하여 이 작품을 해석한다면 그 의미가 새롭게 다가올 수도 있을 것이다.

# 아를의 여인

L'Arlésienne, 1866

## 1. 작품의 줄거리

'나'는 풍차방앗간과 가까운 마을의 농장을 걷다가 마당 안쪽에 하얀 백발의 노인네가 머리를 감싼 채 앉아 있는 모습을 본다. 아들을 잃은 슬픔으로 저러고 있다는 하인의 말을 듣고 호기심이 생겨 마부 옆자리를 청해 함께 가면서 이 집안에서 벌어진 일에 대한 이야기를 듣게 된다.

이 집의 아들 장은 건장하고 얼굴도 잘생긴 스무 살의 멋진 농부였다. 자기를 좋아하는 여자들에게 눈길도 안 주던 그가 아를의 원형경기장에서 벨벳 옷에 레이스로 치장한 예쁘장한 여자를 만난 이후로 그녀에게 푹 빠지게 된다. 그의 부모는 행실이 좋지 않은 그녀를 못마땅해하지만 장은 그녀와 결혼하지 못하면 죽어버리겠다는 말까지 한다. 결국 부모는 둘을 결혼시키기로 한다.

결혼식 피로연을 하는 날 저녁, 한 남자가 문 앞에 나타나 장의 아버지인 에스테브 씨와의 만남을 요청한다. 그는 아들의 여자와 자신이 2년 동안 함께 살았다고 이야기하며 증거도 보여준다. 에스테브 씨는 그날 저녁, 장을 데리고 들판으로 나가 오랜 시간 이야기를 했고 장은 진실을 알고 나서 그녀와의 결혼을 포기한다. 하지만 그녀에 대한 장의 사랑은 쉽게 사그라지지 않았고, 슬픔과 고독에 가득 찬 장의 모습에 온 가족의 걱정은 나날이 커져갔다. 이런 가족의 모습에 장은 일부러 쾌활한 모습을 보이며 잘 지내는 척했지만, 그의 어머니만큼은 그런 그를 계속 걱정하며 마음을 놓지 못했다.

결국 그녀에 대한 사랑을 버리지 못한 장은 새벽에 곳간으로 올라가 창밖으로 떨어져 죽고, 그의 어머니는 자식의 죽음 앞에 비통하게 울부짖는다.


## 2. 장의 사랑

장은 예의 바르고 건장하고 얼굴도 잘생긴 스무 살의 멋진 청년이다. 그러나 그를 마음에 들어 하는 동네 여자들이 꽤 많았음에도 장은 누구에게도 마음을 주지 않았으며, 작은 마을에서의 생활에 만족하지 못했다. 주변 사람들이 그에 대해 칭찬하면 할수록 장은 '이 시골에서 썩기 아까운 사람'이라는 생각이 들었던 듯하다. 그

런 그에게 아를이라는 도시는 선망의 대상이었을 것이다. 그렇게
본다면, 벨벳 옷에 레이스로 치장한 아름다운 아를의 여자를 만나
금세 사랑에 빠지는 것도 이해가 된다.

집안에서는 그렇게 쾌락을 목적으로 한 관계를 썩 내켜 하지 않았네.
행실이 좋지 않은 여자였고 그녀의 부모도 이 동네 사람들이 아니었
거든. 하지만 장은 그 아를 여자를 진심으로 원했네. 이렇게 말하면서
말이야.
"그녀를 갖지 못한다면 죽어버릴 겁니다."

장과 아를의 여자가 어떻게 만났는지, 어떻게 서로 좋아하게 된
것인지는 알 수 없다. 다만 운명의 상대를 만난 것처럼 서로에게
빠져든 것은 분명해 보인다. 사랑에 빠지는 순간, 사랑하는 사람
말고는 아무것도 눈에 들어오지도 않고 귀에 들리지도 않는다. 주
변 사람들의 만류나 부모의 걱정은 사랑을 더 단단하게 할 뿐이다.
사랑하는 사람을 위해 죽을 수도 있다는 말이 가능해지니 말이다.
아를의 여자와 연인 관계였던 남자가 찾아와 증거까지 제시했음
에도 이미 사랑에 빠진 장의 마음은 쉽게 사그라지지 않는다.

가끔씩 그 아이는 구석에 틀어박혀 꼼짝도 하지 않고 온 하루를 보냈
다네. 어떤 날은 고통을 잊으려 땅에 달라붙어서 열 명의 품팔이가 할

일을 혼자 다 해치우고는 지쳐 쓰러지기도 했었다네. 저녁이 되면 장은 아를 쪽으로 길을 나서서 도시의 길쭉한 종탑이 길게 드리운 석양의 그림자까지만 갔다가 다시 돌아오곤 했네.

장의 아픔이 느껴지는 듯하다. 하지만 아무리 몸을 혹사하고 고민한다 해도 해결될 문제가 아니다. 아를의 여인을 찾아가 사실을 확인하는 것이 가장 정확하지만, 그것 역시 쉬운 일은 아니다. 혹시라도 그 남자의 말이 맞다면 그것을 감당할 자신이 없을 테니까. '오늘은 꼭 가서 확인해야지.' 하는 마음으로 길을 나섰다가도 도시 안에 들어가지는 못하고 고민하다 돌아오는 장의 마음은 분노와 절망으로 가득했을 것이다. 그런 그의 모습이 안쓰러웠던 장의 어머니는 아들을 위하는 마음으로 둘의 결혼을 허락해 주겠다고 하지만, 아버지가 고개를 떨구는 모습에 장은 그녀와의 사랑이 이루어질 수 없다는 것을 짐작한다.
  아버지의 마음도 이해가 간다. 며느리가 될 사람의 행실이 좋지 않다는 것이 소문으로 끝난 것이 아니라 증인까지 나타난 마당에 집안에 망신이 될 결혼을 시킬 수도 없는 노릇이다. 사랑에 눈먼 장에게 보이지 않는 것들이 부모에게는 보이기 마련이고, 스스로 불구덩이에 들어가려는 아들을 어떻게 흔쾌히 허락해 줄 수 있겠는가? 아마 시간이 지나고 사랑의 열병이 차츰 사그라지면 장도 정신을 차릴 거라고 기대했을 것이다. 하지만 장의 사랑의 불꽃은 쉽게 꺼지지 않았다.

그날 이후부터 장은 사는 방식을 바꿨다네. 그의 부모님을 안심시키기 위해 항상 쾌활한 모습을 보였네. 가축들에게 낙인을 찍는 축제 때는 무도회에도 가고 술집에도 출입했지. 퐁비에유의 투표가 끝난 뒤에 벌어진 축제에서는 파랑돌 춤을 직접 인도하기도 했다네.

장은 겉으로 괜찮은 척하며 일을 하고, 축제에 참여하고, 춤을 추었지만, 그러는 동안에도 내내 머릿속에서는 그녀에 대한 생각이 떠나지 않았을 것이다. 밤이면 잠을 이루지 못했을 것이고, 부모를 위해 연기하는 자기의 모습을 돌아볼 때면 자괴감이 들었을지도 모른다. 결국 장은 사랑의 상처를 치유하지 못한 채 '자살'이라는 최악의 선택을 하고 만다. 그녀를 사랑한다는 말을 남기고 목숨을 끊는 그의 모습도 비극이지만, 아들의 죽음을 목격한 부모의 모습은 더 비극적이다.

### 3. 아를의 여인

장이 사랑한 아를의 여인. 하지만 소설 속에는 그녀의 이름이나 구체적인 모습이 드러나지 않는다. 다만 '예쁜장한'이라는 수식어로 그녀의 외모를, '행실이 좋지 않은 여자'라는 평가로 그녀의 태도를 흐릿하게 짐작할 뿐이다. 그럼에도 장은 그녀를 사랑하게 되었고, 부모의 반대에도 불구하고 결혼을 고집한다. 결국 장의 부모는 결혼을 허락했지만, 식구들과 축하 피로연을 하고 있는 자리에 한 남자가 나타나 자신과 아들의 여인이 연인 관계라고 털어놓는다.

증거도 제시하겠습니다. 여기 이 편지들! 그녀의 부모도 모든 것을 알았고 저에게 약속까지 했었습니다. 하지만 어르신의 아들이 그녀를 찾기 시작한 다음부터 그녀와 그녀의 부모님이 저를 더 이상 원치 않더군요. 이것들을 보신 다음에도 그녀가 다른 사람과 결혼할 수 있을 거라고 생각지는 못하실 것입니다.

그 남자의 말이 진실이라면 아들의 여인과 그 남자는 사랑해 오던 사이였고, 그러던 중 그녀가 장에게 반해 변심한 것이 된다. 쉽게 말해, 그녀가 장과 바람피운 것이다. 이런 여자를 가족 구성원으로 받아들인다는 것은 장의 부모에게도 어려운 일이다. 물론 아들의 여인에 대한 그 남자의 이야기가 거짓일 수도 있다. 하지만 남자의 말이 진짜일 가능성이 높은 까닭은, 아들의 여인이 장에 대한 변함없는 사랑을 확실히 드러내지도 않을뿐더러 문제 해결을 위해 노력하는 모습이 전혀 나타나지 않기 때문이다.

새롭게 등장한 남자의 존재로 절망한 장은 아들의 여인을 차마 만나러 가지 못하는데, 이때 아를의 여인은 무슨 생각을 했을까? 장에 대한 자신의 사랑이 진심이고 남들의 험담 때문에 오해받은 거라면 장을 찾아가 자기 입장을 이야기할 수 있지 않았을까? 하지만 그녀는 어떠한 행동도 취하지 않는다. 그래서 아를의 여인이 장을 사랑하긴 했을까 하는 의문까지 든다. 가벼운 짧은 만남에 대해 장이 너무 큰 의미 부여를 한 것은 아닐까? 사랑하는 사이라 하더라도 서로에 대한 사랑의 크기가 같을 수는 없고, 그래서 보통은 더 사랑하는 쪽이 힘들어하는 경우가 많다. 아름다운 아를의 여인을 사랑한 탓에 치른 대가라기에는 장이 잃은 것이 너무 커 슬픈 이야기다.

## 4. 작품의 확장

아름다운 사랑 이야기를 듣는 것도 행복하지만, 슬픈 사랑 이야기가 사람들의 마음속에 더 오래 머문다. 사랑을 위해 죽음까지 선택하는 장과 그를 사랑에 빠지게 한 아를의 여인에 대한 이야기는 다른 장르를 통해 계속 생명력을 이어간다.

알퐁스 도데는 자신이 쓴 단편 〈아를의 여인〉을 3막 5장의 희곡으로 각색하여 무대에 선보인다. 장을 사모하는 소꿉친구 비베트와 여러 인물이 등장하여 이야기를 훨씬 풍성하게 만들었으나, 소설처럼 아를의 여인은 여전히 나타나지 않고 장의 비극적인 죽음으로 이야기가 마무리된다. 이런 이야기를 연극으로 표현하기에는 한계가 있었는지, 연극은 크게 흥행을 거두지는 못했다.

이 연극을 무대에 올리기 위해 준비하던 과정에 작곡가 조르주 비제가 등장한다. 그는 연극 〈아를의 여인〉에 음악 작곡을 의뢰받아 27곡을 창작했다. 연극은 좋은 평가를 받지 못하고 금방 막을 내렸지만, 비제는 이 27곡 중 4곡을 추려서 '아를의 여인 제1모음집'을 발표했는데 이것이 큰 호응을 얻는다. 그리고 비제가 사망한 뒤 그의 친구인 에르네스토 귀로가 남은 23곡 중 4곡을 추려 '아를의 여인 제2모음집'을 발표하게 된다. 제2모음집에 실린 곡은 비제가 만든 다른 곡을 참고한 것도 있지만, 두 모음집 모두 지금도 사랑받는 클래식 음악으로 계속 생명력을 이어가고 있다. 하프와 플루트의 애잔한 연주가 매력적인 제2모음집의 세 번째 곡인 〈미뉴에트(Minuet)〉나, 프로방스 민요 〈왕들의 행진〉에 영향을 받은 네 번째 곡인 〈파랑돌(Farandole)〉을 들어보면 귀에 익숙한 멜로디를 느낄 수 있을 것이다.

네덜란드 출신의 인상주의 화가인 고흐는 파리에서의 지친 마음을 달래기 위해 아를로 향한다. 아를과 프로방스 지역의 아름다운 풍경들은 고흐의 마음에 큰 위안을 준 것으로 보인다. 그가 동생 테오에게 쓴 편지에 "이 광대한 풍경은 내게 큰 감동으로 다가와. 미스트랄이 불고 모기도 있어서 좀 성가실 때도 있지만 별문제는 아니야. 그런 걸 다 잊게 해주는 풍경이라면 거기에 분명 뭔가 있는 거야."라는 말을 남길 정도로 프로방스의 풍경에 흠뻑 빠졌던 고흐는 알퐁스 도데의 소설을 많이 읽고 좋아했던 것으로 알려져 있다. 퐁비에유에 찾아가 〈알퐁스 도데의 풍차가 있는 풍경〉을 그린 그는 아를에 머물면서 많은 그림을 그렸고, 론강의 밤하늘을 배경으로 그린 〈아를의 별이 빛나는 밤〉은 많은 사람들이 사랑하는 작품 중 하나이다.

고흐는 아를에서 고갱과 함께 아를의 여인에 대한 영감을 얻는다. 그림의 모델은 카페 주인이었던 지누 부인이다. 고흐와 고갱은 이 카페를 자주 방문하면서 그녀를 화폭에 담기 위해 설득했고, 그녀는 두 화가의 스튜디오인 노란 집에서 아를 여인의 예복을 입고 포즈를 취한다. 고흐와 고갱은 지누 부인에게서 어떤 모습을 발견했던 것일까? 한 손을 뺨에 대고 책상에 기댄 채 앉아 있는 그녀의 모습에서 소설 속 알 수 없었던 아를의 여인 모습이 조금이나마 드러나는 것 같기도 하다.

# 타라스콩의
# 타르타랭

Tartarin de Tarascon, 1872

타라스콩에 사는 타르타랭은 모자 사냥꾼의 대장인데, 타라스콩 지역에서 아주 유명한 사냥꾼이다. 하지만 그는 타라스콩을 한 번도 떠나본 적이 없고, 사냥이라고 해봤자 모자를 던져 올려 쏴 맞추는 걸 잘하는 것뿐이다.

그러던 어느 날, 미텐느 서커스단이 타라스콩에 방문하고 서커스단의 사자를 본 타르타랭은 얼떨결에 사자를 사냥하러 알제리로 떠나겠다고 이야기한다. 그의 말을 믿지 않는 사람들의 놀림과 압박에 시달리던 타르타랭은 결국 주아브호를 타고 알제리로 사자 사냥을 하러 떠난다.

알제리에 도착한 타르타랭은 첫 사자 사냥을 나가 잠복 끝에 사자를 총으로 쏘지만 그것은 사자가 아니라 당나귀였다. 당나귀 값을 물어준 타르타랭은 실망하며 마차를 타고 돌아오는데, 도중에 아름다운 무어인 여자를 만난다. 타르타랭은 그녀를 운명의 여자라 생각하고, 사자 사냥도 잊은 채 그녀를 다시 만나기 위해 돌아다닌다. 그런데 그의 앞에 몬테네그로의 그레고리 왕자가 나타나고, 그는 타르타랭에게 무어인 여자를 찾아주겠다고 약속한다.

며칠 뒤 왕자는 타르타랭이 찾는 여자라며 바이아를 소개해 준다. 바이아와 함께 행복한 나날을 보내던 타르타랭은 신문에서 자신을 걱정하는 타라스콩 사람들의 기사를 보고 다시 사자 사냥에 나선다. 밀리아나에 도착해 사자를 찾아보려 하지만 그의 앞에는 나무 쪽박을 입에 물고 구걸하는 사자밖에 보이지 않는다. 사자를 구하려 달려들었다가 몸싸움이 벌어지고, 그레고리 왕자가 그를 구해준다. 타르타랭은 그레고리 왕자와 함께 사자 사냥을 떠나게 되었지만, 결국 그레고리 왕자는 타르타랭의 지갑을 가지고 도망가 버린다.

그제야 속은 사실을 깨닫고 좌절해 있는 타르타랭 앞에 갑자기 사자가 나타나고, 타르타랭은 총으로 사자를 쏴 죽인다. 그 사자는 일전에 만난 마호메트 수도원 장님 사자였고, 타르타랭은 수도원의 사자를 죽인 죄로 재판에 회부된다. 결국 타르타랭은 무기를 팔아 사자를 죽인 죗값을 치르고, 사자 가죽을 타라스콩으로 보낸다.

낙타와 함께 힘들게 알제리로 돌아와 집에 도착한 타르타랭 앞에 자신을 속인 바이아가 서 있었다. 화가 난 타르타랭은 고향 타라스콩으로 돌아가기로 한다. 마을 사람들이 자신에게 실망할 것을 걱정하며 기차역에 내린 타르타랭. 그러나 그는 사람들의 환호를 듣고 깜짝 놀란다. 타르타랭이 보낸 사자 가죽 때문에 그는 수십 마리의 사자를 죽인 영웅이 되어 있었던 것이다.

## 2. 이야기의 시작

이야기는 '나'가 타라스콩에서 타르타랭을 처음 만난 날을 떠올리는 것으로 시작한다. 용감무쌍한 마을의 영웅 타르타랭. 그의 집은 겉보기에는 평범해 보이지만, 안으로 들어서면 영웅의 집 같은 면모를 보여준다. 프랑스에서는 볼 수 없는 식물들로 가득한 정원, 바닥에서 천장까지 총기와 칼로 도배된 커다란 방을 보면 타르타랭이 평범한 사람이 아니라는 사실을 알 수 있다.

그리고 탁자 앞에는 한 남자가 앉아 있었죠. 마흔이나 마흔다섯 살쯤 되어 보이는 작고 뚱뚱한 남자로, 붉은 혈색이 돌았고 플란넬 속바지에 셔츠 차림이었어요. 짧고 진한 턱수염에 눈빛은 이글이글 타는 듯했고요. 한 손에는 책을, 다른 한 손에는 쇠뚜껑이 달린 커다란 파이프 담배를 들고 있었답니다. 어느 사냥꾼의 이야기를 읽고 있는지는 모르겠지만, 남자는 아랫입술을 내밀고는 오만상을 하고 있더군요. 이 퇴직한 사내의 표정에서는 집 안 전체에 흐르던 호인의 위풍당당

함이 풍겨 나왔습니다.

이 영웅은 어떤 일을 겪은 것일까? 그의 모습을 보면, 그에게서 무수히 많은 모험담과 신비한 이야기가 펼쳐질 것만 같다. 물론 소설을 읽어나가면서 큰 실망을 할 수도 있다. 영웅의 이야기라고 생각했던 이 작품은 타르타랭의 허풍과 우스꽝스러운 모험으로 가득 차 있기 때문이다. 매 순간 이성적인 판단과 탁월한 능력으로 승리하는 영웅의 이야기를 기대했다면 알퐁스 도데의 글솜씨에 속은 것이다. 그렇다고 실망할 필요는 전혀 없다. 작품에도 여러 번 언급되는 것처럼, 세르반테스의 명작 《돈키호테》의 재미있는 모험담 같은 이야기들이 펼쳐지기 때문이다.

프로방스의 뜨거운 태양, 사막의 열기와 함께하는 타르타랭의 여행은 읽는 사람을 흥분시키기도 하고 웃음 짓게도 한다. 소설을 읽으며 상상 속에 흠뻑 빠지는 것은 유쾌하고 즐거운 경험이다. 이제부터 타르타랭의 신기한 모험 속으로 들어가 보자.


### 3. 여행을 떠나기 전의 타르타랭

타르타랭은 뛰어난 사냥꾼이다. 물론 뛰어난 사냥꾼이라는 표현이 잘 어울리려면 동물 사냥을 잘해야 할 것이다. 하지만 인간의 도시가 넓어질수록 동물이 살 수 있는 공간이 줄어들고 사냥할 수 있는 확률도 낮아진다. 당시 타라스콩 지역도 도시화로 인해 사방 20킬로미터 안에 있던 땅굴과 새집이 모두 텅텅 비어버렸다.

사냥꾼들이 하는 일이 뭐냐고요? 뭐긴 뭡니까! 사냥꾼들은 타라스콩에서 10킬로미터 정도 떨어진 벌판으로 나간답니다. 대여섯 명씩 짝을 지어 우물이나 낡은 벽, 올리브나무 그늘에 편안히 누워 망태기에서 쇠고기 찜과 양파, 소시지, 엔쵸비를 꺼내 점심 식사를 하느라 시간 가는 줄 모른답니다. 맛 좋은 론 지방의 포도주를 곁들여 먹으면서 웃고 떠들며 노래도 부르지요. 그러다 배가 두둑해지면 자리를 털고 일어나 휘파람을 불어 사냥개를 부르고 총을 장전한 뒤 사냥에 나섭니다. 그 사냥이라고 하는 것이 무어냐면, 그러니까 사냥꾼들이 각자 모자를 꺼내 있는 힘껏 공중에 던진 후 그 모자에 총을 쏘는 것이랍니다. 미리 약속을 정하고 오연발, 육연발 혹은 이연발 총으로 쏘는 것이지요. 그렇게 해서 모자를 가장 많이 맞힌 사람이 그날의 사냥 왕으로 뽑힙니다.

타라스콩에서의 사냥은 일요일마다 정기적으로 펼쳐지는 일종의 게임이나 스포츠 같은 것이다. 사냥꾼들은 맛있는 음식을 먹고 쉬다가 모자를 총으로 쏘아 맞히는 게임을 즐기면서 하루를 보낸다. 타르타랭은 모자를 맞히는 사냥놀이에 특출한 재능이 있었다.

집 안에는 영광스러운 트로피가 잔뜩 전시되어 있고, 마을 사람들도 그를 달인으로 인정해 준다. 하지만 사람들이 그를 인정해 주면 줄수록 타르타랭의 자만심과 허영심이 계속 커져갔다. 퇴역한 브라비다 대위나 늙은 라드베즈 재판장도 타르타랭을 무시하지 않으니 말이다.

그리고 타라스콩 사람들도 타르타랭이라면 껌뻑 죽었다니까요. 타르타랭의 몸집과 발걸음, 어떤 것에도 두려워하지 않는 당당한 모습과 풍모, 어디서 얻은 것인지는 모르지만 영웅으로서의 유명세, 문 앞에 진을 치고 있는 구두닦이들에게 큰돈을 쥐여주거나 따귀를 몇 번 때려준 것 때문에 타르타랭은 타라스콩의 세무르 경, 중앙 시장의 왕과 같은 존재가 되었습니다.

타르타랭은 이제 타라스콩 사람들이 인정해 주는 것만으로는 충분히 만족하지 못한다. 칭찬도 반복되면 당연한 것처럼 여기게 되니까. 그런 그는 소설을 읽으며 모험에 대한 열망이 꾸준히 커져간다. 속옷 바지를 입고 소리 내어 책을 읽다가 인디언들이나 쓸 큰 도끼를 들고 싸움 흉내를 내는 그의 모습은 우스꽝스럽기까지 하다. 저녁에 클럽으로 가는 길에도 혼자 전투에 대해 상상한다.

클럽에 가기 위해 매일 밤 머리부터 발끝까지 무장하는 타라스콩의 타르타랭에 비하면 새 발의 피라고나 해야 할까요. 해병이 쓰는 말로 그야말로 전투 준비! 타르타랭은 왼손에는 쇠도끼를, 오른손에는 지팡이 검을 쥐어 들었습니다. 그것도 모자라 왼쪽 주머니에는 곤봉을, 오른쪽 주머니에는 권총을 넣었고요. 가슴에는 옷 사이로 말레이 단검을 끼워 넣었답니다. 하지만 절대 독화살을 사용하지 않았지요. 불명예스러운 무기니까요.

중무장하고 클럽을 향해 나서는 타르타랭의 모습이 우스꽝스럽지만, 누구도 그의 모습을 지적하거나 비난하지 않는다. 신념으로 가득 차 있는 그의 모습은 마치 돈키호테를 떠오르게 한다. 기사의 존재가 의미 없어진 시대에 증조부에게 물려받은 낡은 갑옷을 입고 비쩍 마른 말 로시난테를 탄 돈키호테의 모습과 흡사하다. 그런데 타르타랭은 마흔다섯 살이 될 때까지 한 번도 타라스콩을 벗어난 적이 없다. 고작해야 근처 마을인 보케르에 가본 것이 전부이다. 그런 그의 마음속에 지금 두 자아가 싸우고 있다. 돈키호테와 산초의 자아가 바로 그것이다.

돈키호테의 자아는 모험을 동경한다. 기사도 정신에 불타고 위대함과 명예를 좇으며, 물질적 풍요에 유혹되지 않고 영웅적 삶을 지향한다. 산초의 자아는 정착을 바란다. 현실에서 물질적 편안함을 추구하며 위험하고 낯선 모험을 좋아하지 않는다. 타르타랭의 일상은 산초의 자아에 가깝지만, 소설을 읽으면서 모험의 삶을 꿈

꾸는 모습은 돈키호테의 자아에 가깝다. 이러니 두 자아가 충돌할 수밖에 없다.

하인 자네트가 따뜻하고 향긋한 코코아와 맛깔스러운 아니스 열매 구이를 들고 나타나면 타르타랭 속 돈키호테의 자아는 작아지고 만다. 그러다가 마을 사람들과 만나면 돈키호테의 자아가 다시 힘을 얻는다. 그가 허풍스럽고 과장된 모습을 보여도 마을 사람들은 그것을 유머로 받아들여 주니, 지친 삶에 활력이 생기는 것이다. 상하이에 한 번도 간 적 없는 타르타랭이 클럽에서 상하이 생활과 무역에 대해 떠들어도 마을 사람들은 이를 웃으면서 받아준다. 그런 타르타랭의 돈키호테 자아는 외부의 존재들에 의해 더욱 커지게 된다.

어느 날 마을에 미텐느 서커스단이 며칠 머물게 되었는데, 이때 서커스단이 기르는 사자와 재밌는 구경거리를 보기 위해 마을 사람들이 몰려간다. 그 와중에 타르타랭은 어깨에 총을 둘러메고 사자 앞에 나타난다. 타르타랭이 총에 두 팔을 얹고 한쪽 무릎을 구부린 채 서 있고, 어마어마하게 큰 사자는 바닥에 누워 있다. 마치 서로의 모습을 탐색하듯이.

그때까지 타라스콩 사람들을 철저히 무시하며 사람들이 보는 앞에서 늘어지게 하품만 해대던 사자가 화가 난 듯 갑자기 움직이는 것이 아닙니까. 처음에는 쿵쿵대며 냄새를 맡더니 나직이 으르렁대고, 이윽고 발톱을 벌리며 발을 뻗는 것이었습니다. 그러더니 일어나 머리를 쳐들고 갈기를 마구 휘저으며 그 커다란 입을 벌린 채 타르타랭을 향해 엄청나게 포효를 해대는 거예요.

다음 날 마을에는 타르타랭과 사자에 얽힌 소문이 퍼진다. 타르타랭이 알제리로 사자 사냥을 떠날 것이라는 소문이다. 허영심에 사로잡힌 타르타랭은 결국 사자를 잡으러 떠나겠다고 공식적으로 발표하기에 이른다. 그날부터 타르타랭의 마음속에서 돈키호테와 산초의 자아가 싸우기 시작하는데, 결국에는 돈키호테의 자아가 이긴다.

타르타랭은 아프리카 여행을 다룬 책들을 읽고, 오래 걷기 훈련을 하고, 사냥을 위한 잠복 훈련도 한다. 마을 사람들은 이런 타르타랭의 모습을 흥미롭게 지켜본다. 타르타랭은 자신의 사냥 계획을 설명하면서 사냥하는 모습을 직접 연기해 보여주기도 했지만, 서커스단이 떠난 지 3개월이 지나도 사자 사냥을 떠나지 못했다. 돈키호테 자아의 열정이 승리한 듯했으나 여전히 산초 자아를 넘어설 용기가 나지 않았던 것이다.

시간이 지날수록 타르타랭은 마을 사람들에게 놀림의 대상이 되었다. 심지어 '총은 장전되어 있지만 총알은 떠날 생각이 없네.'라는 노랫말의 주인공이라는 사람들의 입방아에 타르타랭은 괴로워한다. 결국 충직한 브라비다 지휘관이 나서서 타르타랭에게 떠나기를 재촉하고, 드디어 타르타랭은 모험을 떠나기로 결심한다. 그의 인생 첫 여행이 사자 사냥이 된 것이다.


## 4. 타르타랭의 알제리 여행

타르타랭이 알제리로 사자 사냥을 떠나는 날이 되자 타라스콩 마을 사람들이 몰려와서 그의 여행을 환송한다. 마을 사람들뿐 아니라 보케르 사람들까지 와서 그가 떠나는 것을 지켜보았다. 커다란 짐마차 두 대에 짐을 싣는 것을 보면서 사람들은 들뜬 마음으로 흥겨워한다.

타르타랭이 알제리로 여행을 떠나는 만큼 그곳 전통 의상을 입는 것이 의무라고 여겼습니다. 그래서 하얀 천으로 된 불룩하고 통이 넓은 바지와 금속 단추가 번쩍이는 딱 달라붙는 작은 윗도리를 입고 허리에는 붉은 띠를 둘렀지요. 깃도 없는 윗옷에 앞머리도 짧게 자르고, 길게 늘어진 파란 술 장식이 달린 커다란 붉은 셰샤(챙 없는 붉은 모자)도 썼고요! 거기에다 양쪽 어깨에는 커다란 총을 멨고 허리띠에는 큰 사냥칼을 찼습니다. 배에는 탄창을 둘렀고, 그의 허리에서는 권총을 넣은 가죽 케이스가 흔들리고 있었습니다. 이것이 바로 그의 모습이었습니다.

타르타랭의 모습은 마치 알리바바를 찾아 아라비안나이트의 세계로 모험을 떠나는 사람 같아서 웃음을 자아낸다. 그런 타르타랭을 위해 만세를 외치고 역까지 마중하는 사람들의 모습도 우스운데, 그래도 왠지 다정하게 느껴진다.

그러나 마을을 벗어난 곳에서도 타르타랭의 모습이 아무렇지 않게 받아들여질 수 있을까? 이제 그는 이상한 복장을 한 어수룩한 중년의 남자일 뿐이다. 총을 멘 이상한 남자가 기차에 오르는 모습을 보고 겁을 먹는 파리 사람들의 반응을 보면, 앞으로 타르타랭의 여행이 순탄치 않을 것임을 짐작할 수 있다.

출발할 때 그렇게 당당해 보이던 세샤. 이제는 구깃구깃한 취침용 모자가 되어 파리한 얼굴로 경련하는 뱃멀미 환자의 머리에 꾹꾹 눌려 있었습니다. 아! 타라스콩 사람들이 이런 타르타랭의 모습을 보았다면! 창으로 비치는 희미하고 서글픈 빛 아래, 그들의 위대한 타르타랭이 책상 서랍 같은 좁은 침대에 누워 미지근한 음식과 젖은 나무의 역겨운 냄새를 맡고 있는 모습을 본다면 타라스콩 사람들은 어땠을까요.

첫 여행을 떠난 시골 남자 타르타랭이 만난 세상의 풍경은 너무 낯설다. 책에서 읽은 것과는 달리 근대화가 이루어진 세상은 시골뜨기의 낯섦을 전혀 배려하지 않는다. 처음 탄 배에서 뱃멀미로 고

생하는 타르타랭과 달리, 커다란 홀에는 먹고 마시고 노래하며 흥겨워하는 사람들로 가득하다. 배는 무사히 알제리에 도착하고, 낯선 도시 알제의 풍경에 타르타랭은 겁을 먹는다.

타르타랭이 육지에 내려서자마자 부두의 분위기는 갑자기 확 바뀌었습니다. 배에서 보았던 해적보다 더 징그럽게 생긴 야만인들이 부두의 자갈밭 사이에서 나타나더니 배에서 내린 타르타랭에게 달려들지 뭡니까. 알몸에 양털 이불만 걸친 키 큰 아랍인들, 누더기를 입은 작은 무어인들, 흑인들, 튀니지인들, 마혼인들, 므잡인들, 흰 앞치마를 두른 호텔 보이들. 모두가 소리를 고래고래 지르며 타르타랭의 옷을 잡고 늘어지고 가방을 서로 뺏고 난리였습니다. 이쪽에서 통조림을 가져가면 저쪽에서 약상자를 가져가고, 이런 황당한 소란 속에서도 타르타랭을 향해 희한한 호텔 이름을 외쳐댔지요.

첫 외국 여행을 온 타르타랭이 충격을 받을 만하다. 짐을 날라주고 돈을 벌기 위한 경쟁일 뿐인데, 의사소통이 안 되니 놀랄 수밖에. 타르타랭은 다행히 알제 순경의 도움을 받아 시내로 들어서게 되는데, 그가 생각한 아프리카의 풍경과는 너무 다른 도시의 모습이 펼쳐진다. 카페, 레스토랑, 넓게 뚫린 길, 자갈로 포장된 광장, 5층짜리 집들……

타르타랭은 이런 도시에서 사자를 찾을 수 없어 그곳에서 떨어진 사막으로 사자를 사냥하러 간다. 아무도 없는 사막에서 밤새 잠복하며 사자를 기다린 그의 앞에 시커멓고 커다란 것이 나타나고, 그는 총을 발사한다. 그리고 또 사자가 나타나기를 기다리다가 잠이 들어버린다. 그런데 나팔 소리에 놀라 깬 타르타랭 앞에 펼쳐진 것은 아티초크 밭이었다. 그리고 그가 총으로 쏜 시커멓고 커다란 것은 사자가 아니라 당나귀였다. 총에 맞아 죽은 당나귀와 타르타랭 앞에 당나귀 주인이 나타난다.

머릿수건을 동여맨 알자스 지방의 할머니 모습을 하고 나타났습니다. 커다란 빨간 우산으로 무장하고 사방으로 당나귀를 찾으러 다닌 것이지요. 이 고약한 할멈보다 차라리 화가 난 암사자를 상대하는 편이 타르타랭에게는 더 나았을 것입니다. 난처해진 타르타랭은 할멈에게 사정을 설명해 보았지만 소용없었습니다. 그것이 사자인 줄 알았다고 말했지만 할멈은 자신을 놀린다고 생각하고는 욕지거리를 퍼부으며 타르타랭을 우산으로 마구 쳤습니다.

결국 타르타랭은 당나귀 값을 치르고 합의를 본다. 이 근처에서 사자를 본 적이 없다는 말에 당황하지만, 타르타랭은 더 남쪽으로 가면 사자 사냥을 할 수 있을 거라는 희망을 잃지 않는다.

타르타랭은 돌아가는 길에 마차를 타게 되는데, 마차에서 그는 한 무어인 여인을 보고 반해버린다. 혼자만의 달콤한 상상에 빠져 있던 타르타랭은 그 여인이 마차에서 내리자 따라 내리는데, 그녀가 던진 작은 재스민 묶주를 줍는 사이에 그녀는 사라져버리고 만다. 그녀를 다시 만나야 한다는 생각에 사로잡힌 타르타랭은 그녀를 찾아 무어인들이 사는 동네를 뒤지지만, 하얀 천으로 얼굴을 가린 여인들 사이에서 그녀를 찾을 수가 없었다. 어느새 타르타랭은 사자 사냥은 잊은 채 그녀를 찾는 것에만 정신이 팔린다.

불행인지 다행인지 그의 앞에 배를 함께 탔던 몬테네그로의 그레고리 왕자가 나타난다. 타르타랭은 도박장에서 시비가 붙은 그를 구해주었는데, 왕자라고 하기에는 아무래도 이상한 구석이 많은 듯했다. 그는 타라스콩에서도 3년 정도 살았다고 했는데, 타르타랭은 한 번도 그를 만난 적이 없었다. 하지만 타르타랭은 그레고리 왕자가 그녀를 찾아줄 수 있다는 말에 홀딱 넘어가 그의 꾀임에 빠져들고 만다.


"얼른 옷을 입게. 그 여인을 찾았네. 이름이 바이아라고 하더군. 스무 살에 아주 어여쁘다는데…… 그 나이에 벌써 과부가 되었다는군."
(중략)
다만 도덕적으로 이 일을 내켜하지 않는 동생을 설득하려면 커다란 파이프 한 다스는 사줘야 한다는 것이 포함되었지요.
"도대체 바이아가 그 많은 파이프를 어쩌겠다는 걸까?"
가엾은 타르타랭은 이렇게 자문하곤 했지요. 하지만 군소리 없이 값을 치렀습니다. 결국 파이프를 산더미처럼 사들이고 동양풍의 시를 물처럼 쏟아낸 후에야 겨우 약속을 얻어낼 수 있었습니다.

이 소설을 읽는 독자라면 누구나 타르타랭이 속고 있다는 것을 알 수 있다. 타르타랭만 이 사실을 모를 뿐이다. 타르타랭은 바이아에게 흠뻑 빠져 알제의 중심가에 집을 구하고는 사자 사냥은 잊은 채 즐거운 나날을 보낸다.

바이아와 그레고리 왕자, 그리고 주변의 무어 사람들 모두 타르타랭 옆에 붙어 그의 돈을 갉아먹는다. 그들은 타르타랭이 알아듣지 못하는 언어로 의사소통하며 일주일에 사오일은 타르타랭의 집에서 저녁을 먹고, 돈을 얻어가고, 잼을 얻어먹고는 감사의 인사를 전하고 사라졌다. 이런 사실을 전혀 모른 채 산초의 자아로 평온한 나날을 보내고 있는 타르타랭에게 주아브 연락선의 선장인 바르바쑤가 일침을 날린다.

"바이아가 프랑스어를 할 줄 모른다고요? 도대체 정신이 있소?"
선장은 더 크게 웃어대기 시작했습니다. 타르타랭의 얼굴이 시무룩해지는 것을 보자 선장도 웃음을 그쳤지요.
"혹시 같은 사람이 아닐지도……. 내가 착각한 모양이오. 하지만 알제리의 무어 여인이나 몬테네그로의 왕자라고 하면 한 번쯤 의심해봐야 할 거요!"

타르타랭은 선장이 준 담배를 싼 종이에서 고향의 신문 내용을 발견한다. 타라스콩에서는 사자 사냥을 하러 아프리카로 떠난 타르타랭의 소식이 끊긴 채 몇 달이 지나자 걱정이 크다. 마을 사람들은 타르타랭이 사자 사냥을 하다 죽은 것이 아니면 아직도 사냥 중일 것이라고 믿고 있지, 타르타랭이 알제에 집을 구해 여인과 함께 평온한 나날을 보내고 있을 거란 생각은 아예 하고 있지 않다.

순간 타르타랭은 자신의 여행 목적을 다시 떠올리고 이런 곳에서 겁쟁이처럼 쭈그리고 있는 자기의 모습을 한심해하며 울음을 터뜨린다. 그러고는 사냥 장비를 챙기고 무기를 챙긴 다음 사자가 있을 만한 알제리의 블리다를 향해 다시 여행을 떠난다. 돈키호테의 자아로 다시 돌아온 것이다.


## 5. 타르타랭의 사자 사냥

합승 마차를 타고 힘겹게 블리다에 도착한 타르타랭. 이 낯선 도시에도 사자 사냥을 도와줄 만한 사람을 만나기는 쉽지 않다. 우연히 만난 노신사가 사자를 사냥하기 위해 더 남쪽으로 가려는 타르타랭에게 자신의 정체를 밝히지 않고 조언을 건넨다.

"허허, 정직한 양반 같은데…… 사정을 말해드리리다. 타라스콩으로 하루속히 돌아가시오, 타르타랭 씨! 여기서는 괜한 시간만 낭비하는 거요. 시골에 가면 표범 몇 마리는 남아 있겠죠. 하지만 당신 성에는 차지 않을 거요. 사자는 이제 모두 사라졌다오. 알제리엔 단 한 마리도 남아 있지 않아요. 친구인 샤쌩이 얼마 전 마지막 남은 사자를 잡았다오."

이 말을 남긴 노신사는 인사를 건넨 후 문을 닫았습니다.

타르타랭의 우스꽝스러운 모습을 보면서, 사자를 사냥하러 간다는 허풍을 들으면서 사람들은 이상하게 여겼을 것이다. 또 그가 노련한 사냥꾼이라고 생각한 사람도 많지 않았을 것이다. 그리고 사람들은 어수룩한 그를 속여 돈을 뜯어내려고만 했다. 그런 사람들과 다르게 노신사는 타르타랭을 위해 정확하고 필요한 조언을 건넨다. 지금이라도 현실을 깨닫고 타라스콩으로 돌아가라는 것.

하지만 타르타랭이 빈손으로 돌아가기에는 너무 멀리 와버렸다. 사자 구경도 하지 못하고 고향으로 돌아가면 어떤 대접을 받겠는가? 이미 시작한 여행이니 어떻게든 끝을 봐야 한다. 그래서 타르타랭은 남쪽으로 더 내려가 밀리아나에서 도착했고, 호텔을 찾던 도중에 드디어 사자를 만나게 된다.

멋진 사자 한 마리가 카페 문 앞에서 엉덩이를 당당하게 땅에 붙이고 황갈색 갈기를 눈부신 햇살에 휘날리며 앉아 있었답니다.

"도대체 무슨 말을 했던 거야? 사자가 한 마리도 남아 있지 않다면서?"

타르타랭은 펄쩍 뛰며 소리를 질렀습니다. 소리를 들은 사자는 고개를 숙이고 발 앞에 놓여 있던 나무 쪽박을 입에 물고는 놀라서 꿈쩍도 하지 않는 타르타랭에게 수치스러운 모습으로 쪽박을 내밀었습니다. 그때 마침 길을 지나던 아랍인이 큰 동전 하나를 쪽박에 던져주었지요. 사자는 꼬리를 흔들어 답례했습니다. 그제야 타르타랭은 상황을 파악했지요.

그것은 타르타랭이 생각한 무시무시한 사자가 아니라 사람에게 길들여져 구걸하고 있는 사자였다. 타르타랭은 용감한 사자와 싸워 승리하고 싶어서 먼 아프리카의 땅까지 찾아온 것이다. 그런 그의 기대를 무참히 짓밟듯 동전 한 개에 꼬리를 흔드는 사자의 모습이라니.

타르타랭은 너무 화가 나 사자의 쪽박을 낚아챘고 이어 사자를 보살피는 사람들과 타르타랭의 몸싸움이 벌어졌다. 이런 타르타랭을 그레고리 왕자가 구해주었다. 그는 돈 많은 물주가 말도 없이 사라져버리자 타르타랭을 찾아 먼 남쪽까지 쫓아온 것이다. 사자를 찾는 타르타랭 못지않게 돈을 찾는 그레고리의 열정도 대단하다.

"내일 당장 셸리프 평원에 가서 무찌르자고!"

"아니, 왕자님. 왕자님도 사냥을 하시려고요?"

"뭐라고? 그럼 자네 혼자 아프리카 한가운데서 사냥하도록 내가 그냥 둘 줄 알았나? 자네가 언어도 관습도 모르는 야만인들 틈에서 어떻게? 아니! 안 되지! 타르타랭, 더 이상 자네를 혼자 두지 않겠네. 자네가 있는 곳이라면 어디든 함께하겠네!"

그렇게 시작된 사자 사냥은 출발부터 삐거덕댄다. 그레고리 왕자가 군모를 쓴 탓에 도시 전체에 계엄령이 선포되기도 하고, 흑인 인부들이 짐을 가지고 도망가기도 하고, 다들 자신의 욕심을 채우려는 통에 사자를 만나기도 전에 여행이 끝나버릴 것만 같다. 다행히 타르타랭은 시장에서 낙타를 한 마리 사서 낙타와 함께 더 남쪽으로 사자를 찾아 사냥을 계속 이어간다. 한 달 동안 사자를 찾아 넓은 셀리프 평원을 돌아다니지만, 그들이 마주하는 것은 프랑스 식민지가 된 비참한 알제리의 모습이다. 야생의 사자가 인간의 삶을 위협하는 무서운 자연의 모습이 아닌, 인간이 인간을 공격하고 자신의 이익만을 위해 뺏고 빼앗기는 무서운 모습이다.

타르타랭이 조금만 주의를 기울였다면 충분히 볼 수 있었던 모습이지요. 하지만 사자 사냥에 온통 홀려 있었던 타르타랭은 좌우를 살피는 일 없이 나타나지도 않는 상상 속 동물만 생각하며 앞으로만 나아갔답니다.

어수룩한 주인공을 내세운 순간, 주인공을 통해 현실에 대한 냉철한 인식이나 비판을 드러내기는 어렵다. 하지만 작품 곳곳에 나타나는 식민지 알제리에 대한 묘사는 알퐁스 도데가 현실적인 문제에도 관심이 없지 않았다는 것을 알게 해준다. 그가 작품을 통해 식민 지배의 현실이나 프랑스 사회 구조의 모순 등에 더 깊은 문제의식을 보여주었다면 오늘날 그에 대한 평가가 한층 더 좋아졌을지도 모르겠다.

　어쨌든 사자 사냥이 계속되던 어느 날 저녁, 드디어 타르타랭은 사자의 울음소리를 듣게 된다. 사자를 혼자서 대적하고 싶었던 그는 그레고리 왕자에게 귀중한 서류와 지폐 뭉치가 들어 있는 지갑을 맡기고 혼자 잠복에 들어간다. 밤이 되었지만 기다리던 사자는 나타나지 않았고, 온갖 동물들의 울음소리에 겁이 난 타르타랭은 마구 총을 쏘아대고는 그레고리 왕자에게 돌아간다. 하지만 그를 기다리는 건 침묵뿐이었다. 한 달 전부터 이 순간만을 기다린 그레고리는 지갑과 지폐 뭉치를 들고 도망가 버린 것이었다.

　그제야 타르타랭은 그레고리 왕자에게 속았다는 사실을 깨닫는다. 그러고는 초라하기 짝이 없는 하얀 묘역에 덩그러니 남아 울고 있는 그의 눈앞에 사자가 어슬렁어슬렁 걸어온다.


　그는 어깨에 총을 메고 펄쩍 뛰며 소리를 질렀습니다. 빵! 빵! 풍! 풍! 드디어 잡았습니다. 사자는 머리에 총 두 발을 맞았지요. 1분 동안 아프리카의 시뻘건 하늘을 배경으로 끔찍한 광경이 벌어졌습니다. 뇌는 사방으로 튀었고, 아직 뜨거운 피에서는 김이 모락모락 났으며, 사자의 붉은 털도 사방으로 흩어졌습니다. 모든 것이 진정되자 타르타랭은 보았습니다. 흑인 두 명이 곤봉을 쳐들고 자신에게 달려드는 것을. 밀리아나에서 보았던 바로 그 흑인들 말입니다. 오, 이럴 수가! 타르타랭의 총에 맞아 쓰러진 것은 바로 사람들에게 길들여진 마호메트 수도원의 불쌍한 장님 사자였던 것입니다.

타르타랭이 드디어 사냥한 사자는 사람들에게 구걸하던 사자였다. 그 사자는 앞을 볼 수 없으니 타르타랭에게 달려든 것도 아니었다. 사람들에게 전혀 위협적이지 않은 불쌍한 사자를 그렇게 쏴죽여버린 것이다. 이로써 마을에서 가장 용감한 사냥꾼의 모험은 실패로 막을 내려야 할 상황에 처하게 된다.


## 6. 타르타랭의 귀향

장님 사자를 죽인 타르타랭은 재판을 받게 된다. 프랑스가 아닌 식민지에서 법의 심판대에 오르게 된 그에게 펼쳐지는 알제리의 모습은 희한하다. 법이 엄격하게 집행되는 나라였으면 더 큰 처벌을 받았을 테니 다행이라고 생각해야 할까? 아무튼 법정에서 한 달간의 밀고 당기는 공방 끝에 그에게 내려진 판결은 2,500프랑을 배상하라는 것이었다.

타르타랭이 경험한 것은 카페 구석에서 은밀히 거래하는 수상한 재판인들과 법조인들의 방탕함, 술 냄새 풍기는 서류, 술 탄 커피 자국이 얼룩진 하얀 넥타이였습니다. 또 집행관과 소송대리인, 변호사 등 인지가 붙어 있는 서류에 달려드는 메뚜기떼 같은 사람들도 경험했습니다. 굶주려 말라빠진 이 메뚜기떼는 프랑스인들의 장화까지 먹어 치우고 옥수수처럼 한 잎씩 한 잎씩 벗겨 먹는 무리였지요.

타르타랭의 눈앞에 점점 현실이 보이기 시작한다. 경험하는 만큼 배우게 된 것이다. 목숨을 빼앗기지 않고 돈으로 위기를 넘길 수 있게 된 것이 다행이라고 여기며, 그는 자신의 무기들과 물품들을 팔아 간신히 손해배상 금액을 채운다. 이제 그에게 남은 것이라고는 사자 가죽과 낙타뿐이다.

타르타랭은 사자 가죽을 타라스콩의 브라비다 지휘관 앞으로 보내고 낙타를 팔아 알제로 돌아가려고 했지만 낙타를 사려는 사람이 아무도 없었다. 그래서 결국 그 낙타는 그의 옆에 남게 된다. 낙타를 볼 때마다 안 좋은 기억이 떠올라 낙타를 버리려고 했지만, 낙타는 끝내 주인을 떠나지 않았다. 그렇게 둘은 일주일을 걸어 알제의 집에 도착한다. 그때 타르타랭 앞에 펼쳐진 풍경은 타르타랭을 분노하게 만든다.

먼지투성이에 핏기 하나 없이 지친 기색이 역력한 타르타랭이 이글거리는 눈빛으로 꼿꼿이 선 세샤를 쓰고 나타나자 기분 좋은 동서양의 대향연은 종지부를 찍고 말았습니다. 바이아는 겁을 먹고 짧은 비명을 지르며 집 안으로 도망쳤습니다. 바르바쑤 선장은 아무렇지도 않다는 듯 더 크게 웃어댔지요.

"아! 타르타랭 씨, 어떻습니까? 이제는 바이아가 프랑스어를 할 줄 안다는 것을 믿으시겠습니까?"

도대체 이 나라에는 사기꾼밖에 없냐는 타르타랭의 울부짖음에 바르바쑤 선장은 자기가 타라스콩으로 데려다줄 테니 얼른 고향으로 돌아가라고 한다. 결국 타르타랭은 주아브 연락선을 타고 프랑스로 돌아가게 된다.

그런 그를 끝까지 따라오는 것은 낙타뿐이다. 타르타랭은 자신의 창피한 여행을 떠올리게 하는 것 같아 낙타를 계속 모른 척하지만, 마르세유에 도착해서도 낙타는 계속 주인을 쫓아간다. 이런 낙타의 존재가 타르타랭에게는 좀 특별해 보이는데, 외국의 낯선 환경에 적응하지 못한 어리숙한 타르타랭과 근대화되는 식민지에서 그 역할이 점점 사라져가는 낙타의 모습이 닮아 보이기도 한다. 어쨌든 낙타는 타르타랭의 여행 과정에서 유일하게 그를 믿고 따랐던 존재이고, 마지막 장면에서도 타르타랭에게 도움을 주고 있다.

"타르타랭 만세! 사자 사냥꾼 만세!"

팡파르 소리와 남성 합창단들의 노랫소리가 우렁차게 울려 퍼졌습니다. 타르타랭은 죽을 것만 같았습니다. 사람들이 자신을 놀리려는 줄로만 알았거든요. 하지만 아니었습니다. 타라스콩 사람들 모두가 나와 모자를 공중으로 던지며 자신을 환영해 주는 것이었습니다. 충직한 브라비다 지휘관과 코스트칼드 무기상, 재판장, 약사 모두 그 자리에 있었고, 대장 주위로 모여든 모자 사냥꾼들도 타르타랭을 떠받들어 계단을 내려왔지요. 신기루의 이상한 효과지요. 브라비다에게 보냈던 장님 사자의 가죽이 이렇게 사람들의 대환영을 받는 이유가 되었답니다.

장님 사자도 사자이기는 하니, 타르타랭은 성공한 사자 사냥꾼이 된 것이다. 프랑스 남부 전체가 으쓱해질 만하게 신문사에서는 이 사건을 극적으로 꾸며 기사로 다루었는데, 그 덕분에 타르타랭은 사자 수십 마리를 죽인 영웅이 되어 있었던 것이다. 더구나 주인을 따라온 신기한 동물까지 있으니 사람들은 더욱 기뻐한다. 이제 타르타랭은 허풍 가득한 자신의 원래 모습으로 돌아온다. 숭고한 낙타와 함께 타르타랭의 긴 모험은 사람들의 환호를 받으며 끝맺음한다.

시행착오가 있었지만 결국 사자를 사냥했으니 타르타랭을 칭찬해야 할까? 아니면 긴 여행에서 얻은 교훈들은 다 사라지고 다시 허풍쟁이의 모습으로 돌아온 타르타랭의 모습에 실망해야 할까? 허풍이나 거짓말을 부정적으로 인식하는 우리에게 이 이야기에 대한 판단은 쉽지 않다. 다만 확실한 것은 당시 프로방스 지역 사람들의 모습을 떠올릴 때 타르타랭을 하나의 필터로 생각할 수는 있을 것 같다. 악의 없는 허풍과 유쾌함으로 무장한 우리의 용사 타르타랭의 모습 말이다.

세 계 문 학 을 읽 다  1 0

# 알퐁스 도데를 읽다

1판 1쇄 발행일 2024년 4월 25일

**지은이** 김형훈

**발행인** 김학원
**발행처** (주)휴머니스트출판그룹
**출판등록** 제313-2007-000007호(2007년 1월 5일)
**주소** (03991) 서울시 마포구 동교로23길 76(연남동)
**전화** 02-335-4422 **팩스** 02-334-3427
**저자·독자 서비스** humanist@humanistbooks.com
**홈페이지** www.humanistbooks.com
**유튜브** youtube.com/user/humanistma **포스트** post.naver.com/hmcv
**페이스북** facebook.com/hmcv2001 **인스타그램** @humanist_insta

**편집책임** 문성환 **편집** 윤무재 **디자인** 장혜미
**용지** 화인페이퍼 **인쇄** 청아디앤피 **제본** 민성사

ⓒ 김형훈, 2024

ISBN 979-11-7087-107-1 44800
　　　979-11-6080-836-0 (세트)